風雲時代

淘寶黃金手

卷七 沉船巨寶

羅曉 著

目錄

淘寶黃金手

第一〇一章

拼命三郎

你現在是他家的大恩人，
李叔一家都是特別直爽的人，
這回叫了老三這個小子過來，那是非要感謝你了。
這小子出名的難纏，不達目的絕不罷手。
這傢伙名頭頗響，有個外號叫做「拼命三郎」呢！

傅盈在停車場裏開了車出來。周宣上了車，繫了安全帶，然後把袋子裏的盒子打開，將兩支手機裝上卡片，又互相打了一下，把對方的號碼存在手機裏，這才笑著把白色手機放進口袋裏，把紅色的放到傅盈的皮包裏面。

傅盈把周宣送到魏海洪的別墅社區門口。社區保安認識這輛車，也認識周宣，趕緊把他們放了進去。

在魏海洪別墅前面一百米處，傅盈就停了車，等周宣下了車後，輕輕說道：「辦完事就早點回家啊。」

周宣微笑著揮揮手，說道：「我知道。」

傅盈掉過車頭，開著車出了社區。

周宣嘆了口氣，傅盈那驕傲的性格在他面前完全收了個徹底，她越是這樣，周宣就越覺得不能對不起她。

來魏海洪這兒，傅盈也猜得到，肯定會與魏曉晴有關。周宣不想她一起來，就是有些爲難，不過，她相信周宣不會對不起她，所以給他充分的信任。她相信周宣會處理好與魏曉晴的事的，只是周宣怕她生氣而已，所以才要避開她。

周宣慢慢走到別墅大門口，老爺子的警衛早看見是周宣了，趕緊開了門，進去通報。老爺子和魏海洪笑呵呵迎了出來。

周宣見老爺子精神抖擻，說道：「老爺子，身體還好吧？」又對魏海洪道：「洪哥！」到客廳裏坐下後，王嫂端了茶水過來，有意無意地說道：「周先生，最近有見過曉晴嗎？」

周宣頓時尷尬起來，老爺子一聽到魏曉晴三個字，也不禁嘆了口氣。

周宣趕緊岔開了話題，問道：「李老的身體好點了沒有？」

魏海洪早拿了電話，跟李老家裏說了周宣來的消息。

老爺子笑呵呵地道：「老李當初的確很懷疑，呵呵，你走後，他就帶了兒子到醫院裏檢查了一下，拍過X片後，片子一出來，父子兩個都傻住了，老李身體裏和腦子裏的彈片全都消失了個無影無蹤！」

「那我就放心了！」周宣微微笑了笑，又道：「我過來，一是問問李老的身體，二是向老爺子和洪哥道個歉，對曉晴的事，我只能說抱歉。」

「唉，」老爺子嘆息了一聲，「算了，我老了，兒孫也都大了，兒孫自有兒孫福，我老頭子管不了嘍。」

洪哥也是一聲長嘆，沒有說話。

老爺子又道：「別說那個了，我這條老命都是你給的，原本是想，你如果能牽起曉晴的手，那也算是我們魏家對你的一點報答，唉，沒有緣分的事就別提了！」

周宣端起茶杯喝了一口，然後站起身道：「老爺子，洪哥，沒事我就先回去了，有事再給我打電話吧。我剛買了支手機，我把號碼寫下來！」

說完，拿了紙筆寫了手機號碼，魏海洪瞧著，直接存到了手機裏，然後笑道：

「小弟，我想你不用走了，李叔家的第三個寶貝孫子過來了，這小子一來，哪有你走的份，就是你回到家裏，他也會把你弄走，你還是就在這裏等著吧，免得嚇到家裏人。」

「李家老三？」周宣詫道，「我又不認識，他來不關我的事吧？」

「怎麼不關你事？你救了他爺爺的命，你現在就是他家的大恩人。」魏海洪笑呵呵地說道，「李叔一家都是特別直爽的人，這回叫了老三這個小子過來，那是非要感謝你了。這小子出名的難纏，不達目的絕不罷手。這傢伙名頭頗響，有個外號叫做『拼命三郎』呢！」

李爲是李雷的二兒子，二十七歲了，論年紀跟周宣差不多，但長得一副娃娃臉，看起來只有二十一二歲的樣子，如果不是他自己說，周宣還真不相信。

李爲到魏海洪家裏後，笑咪咪又極熱情地請周宣到他家去。

周宣委婉地拒絕道：「小李，我還有事，真的沒有空，你回去跟李老說一聲，謝謝他老人家的好意了！」

李爲嘻嘻一笑，跟老爺子和魏海洪打了個招呼：「爺爺，三叔，人我接走了！」說完拉著周宣往門外走，老爺子笑笑著直搖頭。

別看李爲一副娃娃臉的樣子，手勁大得很，拖著周宣的手就像是一隻鐵爪，抓得周宣手腕生疼。

李爲從小練得一副好身體，但長大了啥事也不想幹，整日裏瞎混。老李雖然恨他不成材，但對這個最小的孫子卻也最寵愛，只要沒惹大事也就由他了。

按李爲自己說的話便是，爺爺叔叔伯伯老子，再加上哥哥姐姐，個個都是大官大商，自己又不缺吃不缺穿的，幹嘛還要去費力費事的做什麼事？所以啥事也不幹。

不過，李爲雖然瞎混，卻還是很有分寸，做不得的事基本上都不會做，加上很講義氣，對朋友又好，對敵人夠狠，在圈子中名頭很響，也很受歡迎。

周宣被他架著上車，以周宣的能力，當然可以輕易從他手中脫身，但不管怎麼說，李爲對他並沒有惡意。

李爲開的是一輛軍用吉普車。上了路後，周宣才說道：

「小李，你叫李爲吧？我跟你說，下午我確實約好了客戶有事，以後再到你家好不好？」

李爲一邊開車一邊笑著說：「我叫你宣哥吧，你要不去我家也沒關係，不過，你得答應我一件事。」

「什麼事？」周宣見李爲神情詭異，不知道他又要打什麼主意了。

「呵呵，宣哥！」李爲笑呵呵地說道，「在咱家，除了爺爺和我老子，我可是誰都不怕，聽他倆說起你，可是讚不絕口，能得到他兩個稱讚的人好像不多，我想，你肯定是個了不起的人物，這會兒見了又奇怪，你也就跟我一般大小吧，你有什麼本事呢？」

周宣淡淡道：「什麼本事也沒有，跟你爺爺和你爸也沒認識多久。」

李爲笑道：「你就別謙虛了，我爺爺跟我老子的脾氣我還不知道啊？沒有真本事的人，不可能得到他們的重視。從在魏爺爺這兒見到你時，看魏爺爺和三叔對你的那副表情，我就知道，你絕對是有本事的人。所以我決定了，以後你就是我大哥！」

李爲又道：「好像我老子叫你兄弟，我叫你大哥又有點亂了輩分。」

李爲訕訕地摸了摸頭，然後哈哈一笑，道：「以後在外面你就是我大哥，在我爺爺和我老子面前，我就不這麼叫了。」

周宣頓時哭笑不得，這個小子，說他瞎鬧呢，卻分明很有分寸；說他幼稚呢，說話卻又很成熟。

李爲鬆了右手，然後伸了個手指，在嘴唇上做了個噤聲的姿勢，隨即在車上手機座上按了一下，手機自動撥了號。耳朵上的藍牙燈一閃一閃的，電話通了。

「爺爺，人我是見到了，不過人家今天有事，實在是抽不開身，我總不能綁著人家來吧！呵呵，好好！爺爺，我爸那兒您給去說說，就讓我跟您的這個小朋友玩玩吧，這事您得批准，再說，爸這一個星期關得我可狠了，什麼？您要不信，自個兒跟周宣說吧。」

李爲說到這兒，趕緊把藍牙耳機取了遞給周宣。無奈之下，周宣只得把耳機掛到耳朵上，輕輕說道：「喂，李老嗎，是我，周宣！」

「哦，呵呵，小周啊，你好你好，我對你的感激是無法形容的，所以才想請你到家裏來，好好招待招待你。」耳機裏傳來老李欣喜的聲音。

李爲在一邊打著啞口做著手勢，讓周宣跟他爺爺說他的事。

周宣苦笑著說道：「李老，你們家這個老三硬是要跟我去玩，您又不是不知道，我是鄉下人，又沒什麼見識，跟著我，只是吃吃飯而已！」

老李笑呵呵地道：「你的人品我又不是不知道，老三跟你在一起，我也放心，你只要看著他，別讓他溜了就好！只要他自己願意，就讓他給你當幾天跟班吧，俗話說，跟好人學好人，跟著你，我還有什麼不放心的？這幾天，他爸把他也關得夠久了，再關下去，他要悶壞了！」

周宣尷尬地掛了電話，把藍牙耳機遞回給李爲，心裏想著，現在屁股後面多了這麼個跟班，也不好回家裏，像李爲這種身分的大少，跟自己家人可沒有什麼好聊的，就算聊的話，只怕也聊不上話。

李爲側過頭問道：「現在去哪兒？你要辦事就照辦，就當我是你的秘書，我只是給你跑腿的！」

「你這樣的跑腿，我可請不起！」周宣嘲了嘲。又想，晚上六點跟許俊成的碰頭還早，便道：「我晚上六點跟人有個很重要的約會，不過現在時間還早，你拿主意吧，隨便到哪兒轉轉，把這半天的時間打發了！」

李爲笑了笑，有這大半天的時間還不能到他家裏去？不過周宣不想去，也正合他的心意，有老爺子的親口恩准，就算玩個天翻地覆都不怕，要是關在家裏，那可真受不了。

「那，我帶你去個地方！」李爲笑了笑說道，擠眉弄眼的表情，讓周宣覺得鬼鬼祟祟的。

也不知道李爲把車開往哪裡，周宣由著他一陣狂開，十幾分鐘後到了一間娛樂城，名字叫「明珠娛樂城」。周宣苦笑了笑，李爲果然是把他帶到了這種地方來。

在前臺，高挑靚麗的小姐正在恭敬迎接。

李爲瞧也沒瞧她們，隨口說道：「開最大間的房，就那間明珠房！」

在明珠娛樂城裏，房間都是按古代美女的名字命名，像什麼西施、楊貴妃之類的，而在所有房間中，最好最大的就是那間「明珠房」了。李爲要招待周宣，當然就直接選這間最好的房間了。

但幾個前臺靚女都爲難了，最前面那個說道：

「對不起先生，那間房已經有人訂了，要不，給您開昭君房吧？」

李爲皺了皺眉頭，惱道：「誰訂了？我補三倍的錢給他，讓他換一個房間！」帶了周宣過來，卻想不到最好的房間給人訂了。

一般來說，如果有人訂了房又被開給別的客人，那就要補開同樣級別的房間，但還要徵求客人同意。像開這種等級的娛樂城，老闆都不是簡單人物，不管是物力財力還是關係，都要吃得開的。在京城這種水深如海的地方，沒有強硬的關係，這店能開得了一天都不容易。

那前臺女子陪著笑臉道：「先生，那個房間是沒辦法換的，您還是換另一間吧。」

周宣瞧著也覺得沒意思，對李爲說道：「老三，我看就另一間吧，又不是買房子，只是玩一玩，隨便哪間都一樣，玩過了就走了嘛！」

李爲哼了哼，對那前臺道：「你們經理劉偉呢？叫他出來！」

那前臺女孩一怔，看李爲的樣子好像跟劉經理很熟，但她們幾個都不認識李爲，也不知道他是哪號人物，便趕緊給劉偉偷偷打了個電話。

這幾個前臺女孩都是剛來沒多久，而且，李爲也有一個多月沒來過了，娛樂城的前臺換人特別勤，前臺都是些漂亮的女孩子，哪兒收入高去哪兒很正常。

今天來得有點早，娛樂城開門一般是十二點過後，今天才剛過十二點，這麼早的時間，很少客人會來。李爲雖然是個太子爺，但卻不是一味胡亂跟人蠻橫的人，像這些前臺小姐，跟她們耍威風有什麼用？

何況周宣都說話了，李爲也就準備開另外一間房了。

卻就在這個時候，後面有人陰陽怪氣地說道：

「李老三，幹嘛呀，房間是我訂下的，你想要啊？」

李爲和周宣轉身瞧去，大門口處進來了六七個男子，最前面一個跟李爲差不多年紀，二十七八歲，臉白白的，正笑嘻嘻地跟李爲說著話。

但這個笑容一看就知絕不是好意，皮笑肉不笑的，周宣可是瞧得分明。

「吳建國，是不是趁著人多想幹架？」李爲哼了哼，冷冷地說道。

「唉，老三，你可別想歪了！」吳建國笑了笑說著，「咱們兩個從小學幹到現在，不是你輸就是我贏，算是平手吧。幹架沒意思，再幹我們倆也是不分上下，要是家裏頭老傢伙知道了，你我都吃不了兜著走。你今天是不是剛被放出來啊？呵呵，我可是比你早出來兩天，爲了自由啊，還是老實點！」

周宣總算明白了，原來面前這個吳建國就是李爲的老對頭，聽他的口氣，也跟李爲一樣，是極有背景的官二代紈褲子弟，可能李爲這次被關在家裏，也是因爲倆人的惡鬥引起的，今天居然又是冤家碰了頭！

李爲眼神掃了掃吳建國身邊那些男的，冷冷道：「有話就說，有屁就放，別他媽遮遮掩掩的。」

「好，爽快！」吳建國拍拍手，說道，「告訴你也不怕，我今天其實是請了一個美女來，這妞兒老子早想下手了，但卻一直動不了手，今天八成是有困難了才來找我。這個妞兒呢，我一個人泡也沒意思，不如咱倆一起來？」

吳建國拿眼斜睨著李爲，嘲道：「李老三，敢不敢來？」

「打架老子不怕你，泡妞一樣不怕你。」李爲哼了哼，抬步往裏走，邊走邊道：「宣哥，走。」

雖然他一直跟李爲是死對頭，但吳建國對李爲的性格熟得很，都是在家怕老子怕爺爺，在外頭可是天下第一的角色，沒想到現在卻規矩地叫了聲「宣哥」，心裏有些奇怪，忍不住瞄了周宣兩眼。

瞧這人很眼生，可以肯定從沒見過。在他們這個圈子裏，生人是很難進來的，還被李爲叫做「哥」，這個人應該頗不簡單。

明珠房間有八十個平方，六十四寸的液晶電視掛在左牆上，右面是投影機，三面環繞著紅布沙發，沙發前是一張長形的茶色玻璃茶几，音響掛在牆上，牆上是吸音的綿質材料裝飾。

周宣和李爲坐在左邊，吳建國和他的人坐了右邊。娛樂城的女服務生進來，吳建國一揮手，沉聲道：「該上的全都上來，軒尼詩理查，先來個十瓶。」

周宣不知道，也無所謂，但李爲卻是瞇起了眼，軒尼詩理查，在明珠娛樂城的售價是一瓶一萬八千八百八十八，十瓶可就是十八萬多，一出手就來這個場面，估計也不是錢燒的，應該是另有什麼原因吧，難道是因爲上官明月？

上官明月是目前京城裏最炙手可熱的一個女孩子，名頭甚至蓋過了最有名氣的幾個豪門千金，其中也包括魏曉晴姐妹倆。

上官明月的家族是做房地產的，祖上在香港起家，最近十多年，更是因爲早於其他財團踏入中國大陸而賺了個盆缽皆滿，在京城的地產業中，一直名列前三。

其家族旗下所開發的「皇家樓盤」，更是創了兩個最高，售價最高，銷量最高。三年前，上官明月的父親楊子非腦溢血住院後，身體狀態已經不容他再主持公司事務，沒辦法，才把獨生女兒從英國召回來，推到了公司前線。

很多人都知道一個道理，魚和熊掌不可兼得，女人也是美貌和智慧不可兼得。但這個上官明月卻真是美貌和智慧並重。三年下來，她把家族事業發展得如火如荼，生意上的敏銳頭腦讓無數老辣同行都爲之讚嘆。

上官明月是隨母姓，她出現的這幾年，幾乎把京城的公子大少都給招了出來。但上官明月從不談感情。她做生意手腕老辣，感情上，卻也從不給人有絲毫縫隙透入。因爲她的身分和財富，也不是隨便就能給人卡住脖子的，所以京城的公子大少雖然有權有勢，但也不能公開強上。人家不缺錢，身價又到了這種地步，一舉一動都被全世界盯著呢。

在瘋狂追求上官明月的公子大少中，吳建國和李爲都是其中之一，當然，得到的結果都是一樣的。

李爲沉思著，倒是確實不知道吳建國是不是真邀到了上官明月。因爲在之前，還從沒聽說有哪個傢伙能把上官明月邀到娛樂城來，不過，吳建國可比李爲手段陰狠很多，私下使了什麼陰招那也說不定。

娛樂城的服務小姐把洋酒和果盤一一送進房間來，又擺了一排的小小杯子，一杯一杯倒了酒。

周宣瞧著氣氛有些悶，搞得像要打仗一樣，又見李爲的臉色很沉重，當即笑著端了一杯酒對李爲說：「老三，別沉著臉，來這兒不就是要開心的嗎，來，喝杯酒！」

這時，從吳建國身邊豁地站起一個人來，竄過來就指著周宣罵道：

「你算老幾？國哥沒發話，你動什麼動？」

但話聲才剛落，李爲就飛來一支酒瓶，砰的一聲砸在了他頭上！同時，又一腳踹在那人腰間。

那人一個踉蹌，碰翻了一大排酒杯和果盤，李爲也不管，只是嘴裏狠狠罵道：

「你又算老幾？我宣哥要喝酒，天王老子來了都要喝！」

李爲的發飆，讓吳建國愣了一下，他帶來的六七個人雖然看起來兇狠狠的模樣，但卻都知道，李爲是他們惹不起的，吳建國可以跟他兩人打得頭破血流，打得不可開交，但他們可沒那個膽量，要是動了李爲，那別說京城，就是全國各地也沒有他們的藏身之地。

李爲兇狠地砸破了那人的頭，卻沒有人敢上前跟他動手。

吳建國皺了皺眉，喝道：「把他抬下去，別給我惹事！」

女服務生戰戰兢兢的上前打掃了殘跡，又換了酒杯，倒上了酒。

李爲也不理吳建國一夥，彷彿沒事一般，一手拿了一杯酒，遞了一杯給周宣，笑笑道：

「宣哥，來喝酒，別擔心，這幫垃圾，就會欺軟怕硬，遇到硬的就蔫了！」

李爲的話不啻說明，吳建國一夥就是欺軟怕硬的傢伙。

周宣當然不害怕，笑著接過酒來，一乾而盡。酒有點甜味，口感很好。當然，周宣不知道這酒是要差不多兩萬塊一瓶的，也不知道剛剛李爲一伸手就砸了兩萬塊。

吳建國今天是另有目的，可不想在現在就把場面搞壞了，喝退了手下後，陰沉著臉喝了兩杯悶酒。

剛剛在房間裏有人打破了頭流了血，但娛樂城裏的管理人員都知道吳建國和李為的來頭，裝作不知道，甚至都不出面，媽媽桑也不敢進來推薦小姐，大家都膽戰心驚的。

各自沉悶了半個小時，有一個女服務生敲了敲門，進來說：

「吳先生，您有一位朋友來了！」

服務生讓開身子，走進來一個女子。

第一〇二章

上官明月

房間裏的燈光不算亮，但這個女孩子一進來，

就彷彿房間裏全都亮了起來！

周宣很意外，沒想到在這種地方，

竟然還能見到如此出色的女孩子。

李為在這女子進房時也是呆住了，果然是上官明月！

房間裏的燈光不算亮，但這個女孩子一進來，就彷彿房間裏全都亮了起來！

這個女孩子大約有一米六八左右，秀髮紮在腦後，一身上班族的裝束，臉蛋的美竟然可以跟傅盈那種驚人的美麗相比！

但她的眼神卻如一口古井般纖塵不染，又深不可測。這種眼神在一個二十幾歲又漂亮得驚人的女孩子身上，是難以顯現的。

周宣很意外，沒想到在這種地方，竟然還能見到如此出色的女孩子。愛美之心人皆有之，但看了不一定就要擁有，欣賞和佔有是兩回事。起碼周宣心裏絕不可能再容納另一個人。但這個女孩子的美，便如絕世的寶物一般，很令人驚豔。

李爲在這女子進房時也是呆住了，果然是上官明月！

上官明月對李爲當然認識，但也只是把他當成了吳建國一樣的人。

進房後，她眼神淡淡地在眾人面上掠過，然後落在了吳建國身上。

「吳大少，今天我可是應約而來。我就開門見山吧。皇家花園三期用地的拆遷房，你要什麼條件才肯撤？」上官明月一邊問著，一邊在對面的沙發上緩緩坐了下來。

周宣倒是約莫有些明白了，大概這個女子所說的「皇家花園」所要開發的第三期建案佔用地中，有吳建國的房子吧。

對於普通的拆遷戶來說，最容易的辦法就是用錢，沒有幾個人能在金錢的攻勢下還守得住。但像吳建國這種人就麻煩了，有權有勢，更不缺錢，何況，他一直都在找機會對付她呢，好不容易得到機會，那更是要好好發揮一下了。

在皇家花園第三期的開發計畫中，前期因爲銷售火爆，所以第三期急急啓動。在土地還沒有完全解決的情況下，已經賣出去一部分預售。

在上官明月看來，拆遷應該沒有問題，但偏偏這次卻被吳建國抓住了機會。在最後談判的幾個拆遷戶中，吳建國先一步跟房產所有者買下了產權，結果上官明月的公司在拆遷時，直接要面對的就是吳建國了。

任憑上官明月的公司狂風暴雨，吳建國卻自巍然不動。到最後，上官明月見下屬久拿不下，怒而過問，明察暗訪之下，這才發現這幾處房產的所有權者竟然是吳建國，當即明白了！因而也才有了今天的這個場面。

今天，吳建國一直在睡夢中想念著這張絕美的臉蛋，現在就清清楚楚地出現在眼前了，但他卻依然有種很遙遠很陌生的感覺。

「上官明月，這個問題要解決，其實很容易！」吳建國笑著說道，「你如果嫁給我，我的不就是你的了嗎，都是一家人了，哪還分什麼你我！」

吳建國其實最氣的就是，他在外頭胡作非爲時，簡直就是無往而不勝，但獨獨在上官明月面前總是又跌面子又丟人，卻又無可奈何。

像上官明月這種身分的人，他要正面來對付卻也是不容易，畢竟不是深仇大恨，家裏人是不會幫他來出這種力的。自己在外頭胡來可以，但是總不能讓家裏人也跟著胡搞。

但吳建國抓到機會搞搞小動作，那還是沒問題的，比如像買下這幾棟拆遷屋，花費不大，但卻硬是卡住了上官明月的脖子。

一大片建地中，就這麼幾戶沒拿下來，這非常令上官明月惱火。就好像一個人，如果你瞎了一隻眼睛，雖然受傷面積不大，但卻讓你變成了個殘廢，這很讓人受不了。

如果這塊地拿不下來，那就會影響到整個第三期工程，如果因為這麼小小的幾棟房子而影響到整個工程，上官明月的損失幾乎要高達十億的巨大金額。

上官明月淡淡笑了笑，說道：「我從不否認我會戀愛，會嫁人，但我的目標條件是，這個人必須令我滿意。很遺憾，吳先生並不令我滿意！」

在吳建國的臉微微變色時，上官明月又補了一句話：「這個條件並不包括金錢和權力！」

吳建國臉色緩了緩，上官明月的這句話讓他好受了一點點，至少上官明月沒有明說不喜歡他這個人，要說金錢和權勢，李爲跟他也是沒有區別的。

周宣微笑了笑，靜靜瞧著這個女孩子，他對上官明月的機敏和冷靜十分欣賞，能讓吳建國這樣的人也束手礙腳的，那還真是難得。

吳建國想了想，笑呵呵擺了擺手，說道：

「上官小姐，這樣吧，你要我賣出手中幾棟房屋的產權，也不是不可以，但第一個條件談不攏，那就談第二個吧，呵呵，我們都是文明人，大家喝酒吧！」

周宣可不相信這個傢伙會那麼好心地讓上官明月輕鬆過去。

上官明月淡淡問道：「吳先生，這個酒，要怎麼個喝法？」

「呵呵，這個酒嘛，當然要文明地喝！」吳建國皮笑肉不笑地說著，「你可以叫一個幫手，什麼人都可以，只要你跟你的幫手能喝完我買的酒，房子我就賣給你！」

這個話吳建國說得很文明，但條件可一點都不文明，桌子上的酒還有九瓶，就是汽水，兩個人也喝不了那麼多啊。

上官明月沒有說話，眉頭倒是微微皺了一下。

李爲倒是在一邊問道：「桌子上的九瓶軒尼詩？」要是喝了這些酒，李爲肯定上官明月是走不出這個房間的。

吳建國伸出食指搖了搖，說道：「NO！NO！NO！服務生，再拿十一瓶。」

立刻，服務生把十一瓶軒尼詩整齊地擺到玻璃茶几上。

「一共二十瓶，只要你跟你叫的一個幫手能把這些酒喝完，我的房子就送給你，而不是賣！」吳建國說著，朝身邊的男子一勾手指，那男子立即把幾份房產權狀和協議書拿到他面前。

吳建國把這些文件拍在桌面上，笑道：

「這些文件只要我簽個字，那幾棟房子就屬於你的了！」

上官明月沉思起來，這個吳建國看來是根本就不想把房子讓給她，除了自己答應嫁給他，其他的條件都不是條件，因為沒有人能完成得了，不能完成的事那還能叫條件嗎？

上官明月嘆了一聲，說道：「吳先生，兩千萬你能賣嗎？我想，那幾棟房子，你花費的不會超過七百萬吧？」

上官明月當然不會估計錯誤，吳建國買下那三棟房子只花了六百萬，當然也用了些強硬手段，上官明月給兩千萬，如果他只是做生意的話，那是徹底賺翻了。

「上官小姐，你覺得我缺錢嗎？」吳建國仍然是笑嘻嘻地問著。

「五千萬！」上官明月沒有跟吳建國說條件，不動聲色地又漲了價錢。

如果對方不是上官明月，不是吳建國費盡了心思來設陷阱的人，就衝這個價錢，吳建國便會毫不猶豫賣掉了。錢，沒有誰不喜歡。

有些人在某些數字的金錢面前能挺住，那是因為那個數字還沒有達到讓他動心的地步，並不代表他不動心。每個人的社會地位和經濟實力都不同，但對錢的好感是共同的，區別只是，不同的人會在不同的底線上對金錢動心而已。

這一次，吳建國沒有說話，只是笑著盯著上官明月。

上官明月瞇起了一雙漂亮的眼睛，咬著牙靜了一下，隨即又伸起一隻白白的手指來：

「一億！」

吳建國嘆了嘆，淡淡說道：「上官小姐，你也別加價了，幾棟房子是小事，但我感興趣的是上官小姐你本身，我想提醒你一下，上官小姐，你覺得你值多少？」

上官明月終於是變了臉色，呼呼喘了幾口氣，想要站起來拂袖而去，但皇家花園的前途就繫在這個男人身上，容不得她有絲毫的不冷靜！

吳建國的意思，已經不是拿房子來要脅她，而是拿她自己的貞潔來要脅她！

上官明月沉吟著，吳建國也不急，笑笑說道：

「其實還有第三個條件！」

上官明月一怔，問道：「什麼條件？」

吳建國摸著下巴，先笑了笑，然後收了笑容，說道：

「陪我一夜。」

陪他一夜？吳建國的意思當然不是陪他聊天說話，這個上官明月當然是明白的，於是，臉色一沉，伸手抓了一杯酒，想要一下子把酒潑到吳建國臉上。

但吳建國笑呵呵瞧著她，似乎根本就不在乎上官明月會對他做什麼。

但上官明月終於還是忍了下來，她已經不是衝動的小女生，縱然心裏非常憤怒，但她還是能把這些都壓抑下去，隱藏起來。

但旁邊的李爲看到這一幕，卻是忍不住了，伸手在桌子上猛力一拍，酒杯都拍翻了兩個，大喝道：「吳建國，追女人很正常，但用這樣的手段太卑鄙了，要喝酒是不？我來喝！」

對李爲，上官明月一直是把他當成像吳建國一樣的花花公子，分毫沒有放在心上。但李爲剛剛這個動作，卻讓她覺得李爲跟吳建國有所不同，起碼他這個動作代表他很有正義感，不會欺負弱小。

但不管什麼人，不管有多能喝，要跟她兩個人喝完二十瓶軒尼詩，那都是不可能完成的任務，要是她自己一個人，連半瓶都喝不完，還有哪個能喝完剩下的十九瓶半？

李爲當然知道自己喝不完那麼多酒，不過橫勁一上來，也就什麼都不顧了，喝醉了躺倒再說，火氣上頭的時候，他一向是天王老子都不顧了！

於是，他伸手拿了一瓶軒尼詩，擰開蓋子就要對著嘴喝，這時，周宣卻在一旁伸手搶了過來，拍了拍他肩頭，笑笑道：

「慢著，老三，我有話說，先等我說完！」

周宣說完，便對吳建國道：「吳先生，我想問一下，這二十瓶酒外，你還要不要再加？要加的話就一次加完，當著現在所有人的面，你能保證兌現你剛才說的話嗎？」

「你又是誰？」吳建國哼了哼，對周宣這個人，他一開始便有些注意，雖然不認識，但看李為對他很恭敬，感覺他應該不一樣，現在周宣又問起他來，他便哼了哼又道：

「就憑我吳建國三個字就是保證，有李為李老三在場證明，只要上官小姐和任何邀請的一個人合作喝完這二十瓶酒，我立刻在售屋合約上簽字！」

周宣對李為道：「老三，你做證人，這個酒，我來喝！」

吳建國倒是對誰來喝酒並沒什麼要求，反正他心裏早認定了，不可能有人能喝得完這麼多酒。周宣一出頭，他當即又不陰不陽地道：

「還有一點，你可是要記住了，我是說要喝完二十瓶酒，可不能喝醉，剩下一滴也不行！」

周宣淡淡道：「規矩是你定的，當然就按照你說的算！」

李為吃了一驚，沒想到自己一怒出頭，卻是把周宣惹翻了，要是把周宣弄到酒精中毒，或者出了事，那他可過不了爺爺和他老子李雷那一關。

「宣哥，這個不行，不能喝，算了算了，我也不喝了，我倆都不喝了，你要出了事，我回去怎麼交代啊？」李爲趕緊搖手制止周宣。

英雄救美的事也算了吧，跟吳建國雖然是老對頭，也不怕他，但總不可能從他手中把三棟房子搶過來吧？辦不到的就算了吧，那些酒，無論如何也是喝不了的。

上官明月對周宣的忽然強出頭也不覺得奇怪，這些羡慕和貪圖她美色和財富的臭男人，她見得多了，別的條件也辦不到，唯有從喝酒上強出頭來表現一下，但到了最後，一個個除了醉得一場糊塗之外，還能幫她什麼？

所以，上官明月對周宣的話也沒多加理會，反正也沒有人能辦得到，心裏只是愁成了一團，不知道如何才能跟這個吳建國達成協定。

周宣把李爲拉著他的手輕輕放下，然後湊到李爲耳邊，用極輕的聲音說道：

「老三，你別擔心，我玩過戲法，吳建國這二十瓶酒我能把它變沒，你別出聲就好！」

這話除了李爲外，其他人可都聽不到。

李爲怔了怔，對周宣的話半信半疑的，瞪著眼瞧著茶几上整整兩排的二十瓶軒尼詩，心裏想著：二十瓶酒，他怎麼可能在十來個人的眼皮底下變沒？有這麼神奇的戲法嗎？

但既然周宣這麼說了，瞧他的樣子也不像是開玩笑的，李爲便忍住了沒問他。要是周宣真會戲法的話，自己問了，那就是破壞了好事。

周宣把剛才李爲打開的那瓶酒拿到手中，對吳建國說道：

「吳先生，你可看好了，我喝了！」

說完，便把瓶口倒過來含進嘴裏，酒瓶裏的酒眼看著一點點地減少，周宣的脖子也在一起一伏地鼓動著，明顯是把酒咕嚕咕嚕喝了下去。

這個可是做不得假，房間裏上十雙眼睛都睜得大大地盯著他。

當然，只有周宣自己一個人才明白，他就是做了假的。喉嚨的起伏那只是做樣子，酒從瓶子裏流到嘴裏的時候，就被他給轉化成黃金，同時又被冰氣吞噬掉了。其實，酒甚至都沒有接觸到他的舌頭就被吞噬掉了。

對於周宣來講，這不是在喝酒，只是一個轉化並吞噬的過程。但是，除了周宣本人外，外人是絕不知道的，也不可能有人會明白。

第一瓶酒乾了，周宣把空瓶子倒著口，在空中搖了兩下，又拿眼瞄了瞄吳建國，淡淡笑著把瓶子放到他面前的臺子上。

周宣臉上沒有紅，眼神中也沒暈迷的樣子，這樣一滿瓶酒在十秒鐘之內一口氣喝乾，任誰也不可能一點酒氣都沒有。但周宣眼神清澈晶瑩，沒有一丁點酒氣。

隨即他又拿了一瓶，打開瓶蓋，照舊一仰頭，咬著瓶口咕咕咕又一口氣把這瓶酒也灌完。喝完後，仍然把空瓶子口朝下在吳建國面前晃了晃，然後又把空瓶子放在了他面前。

周宣輕輕鬆鬆地把第二瓶軒尼詩喝乾，這一下便引起了吳建國的警覺，也引起了上官明月和李爲的注意力。

能一下子喝兩瓶軒尼詩的人也不是沒有，但能一口氣輕鬆喝完的，那就不簡單了。因爲喝完兩瓶軒尼詩的人，通常當場就會栽倒，醉得不省人事，但周宣似乎像是喝白開水一般。

吳建國雖然有些警惕，但還是不相信周宣能把剩下的十八瓶都喝完，別說這麼多酒，就是水和飲料，那也是沒有人能喝得下的！

但周宣一瓶接一瓶的若無其事地喝著。五分鐘不到，吳建國面前已經堆了十個空瓶子，而周宣依然一瓶又一瓶地拿酒接著喝。

再瞧瞧周宣，眼神依然清澈，握著酒瓶的手仍然穩健。吳建國這個時候心裏開始慌了，腦子一昏，心裏馬上想著，這個人這麼能喝，瞧這樣子下去，二十瓶酒喝完也不爲怪，不禁是又驚又怒，難道這個人是跟上官明月串通好的？

但馬上又覺得太離譜了，這人和李爲是自己在這裡無意中碰到的，若不是自己強拉來，又如何能與他碰得到？若說李爲跟這人和上官明月是聯手設局的，道理雖說得通，但又怎麼會知道他要鬥酒？這可是他跟誰都沒說過的，就是他的幾個手下也不知道啊！

上官明月和李爲一開始不相信周宣的酒量，喝到三四瓶時開始吃驚，喝到第十瓶時，已經變成了驚訝，再喝到十五六瓶時，卻是成了驚喜！

吳建國卻是張大了口合不攏來，雖然不相信，事實卻是擺在眼前，他旁邊七個手下也是驚得呆若木雞，這樣能喝酒的人，可從來沒見到過！

周宣伸手拿過了最後一瓶，擰開了蓋子，笑了笑，然後倒過來又含進嘴裏，一二三四五六七八九十，十秒鐘後，一瓶酒又全部灌進了嘴裏。酒喝完了才鬆開嘴，把瓶口拿高了些，瓶子裏只滴了最後一滴酒出來。

周宣張嘴把這滴酒接到了口中，甜甜的，這一滴可是這二十瓶軒尼詩中，唯一被他真正喝到嘴裏的一滴酒！

然後搖了搖瓶子，一滴也灑不出來了，這才把瓶子往吳建國眼前一放！

只聽匡噹一聲，周宣笑笑道：

「吳先生，你還要加酒嗎？」

天哪，就這麼一會兒工夫，將近四十萬元的酒就被周宣一個人喝光了，而且好像啥事都沒有！吳建國呆了好一陣，這個巨大的反差確實讓他有點適應不了！

看樣子，就算再叫二十瓶，這個人怕是也會一點也不爲難地喝下去的，瞧他並不高大的身材，身體裏怎麼能裝那麼多的酒？

上官明月也沒有反應過來，仍舊在驚訝中。

李爲是最早反應過來的，他早就聽爺爺千叮萬囑的，要恭恭敬敬地對周宣，原來他果然是有能耐的，就憑這一手喝酒的功夫，自己就佩服得五體投地了！

「吳建國，你是繼續要賴呢，還是簽字？」

李爲笑呵呵地嘲諷起吳建國來，這傢伙要是不簽字，自己就先拿話堵他的口。

如果在場的沒有李爲這個有分量的對頭，吳建國當然可以隨意反悔，完全不理這個賭局，但李爲可不是他想踩就能踩得下的人，如果今天反悔了，李爲在他們的圈子裏將這件事傳出去，那吳建國的面子就栽到家了！

吳建國也知道，在場面上，可以壞，可以狠，可以不擇手段，但卻不能不講信譽，如果圈子裏的兄弟朋友都知道他言而無信，那他今後還怎麼混啊？

就好像那些索馬里海盜，雖然極度兇狠，但卻很講信譽，談判條件說好了，人質就會安全地放回來。

吳建國鐵青著臉，把台几上的文件一把抓過來，刷刷刷簽了名，然後推到了上官明月的面前，眼睛卻是瞧著周宣，說道：

「這位老兄，原來是真人不露相啊，請問高姓大名？今日有一線，日後好相見！」

聽吳建國故意把「今日留一線」說成了「今日有一線」，那就是表示這個仇他記下了！

上官明月雖然激動，但仍是冷靜地把文件一樣一樣仔細看了一遍，確認無誤後，才微笑著對吳建國說道：「吳先生，謝謝你，不管怎麼樣，我還是謝謝你！」

說著，她從包包裏取出支票簿來，開了張一千萬的支票遞給吳建國，說道：「吳先生，這一千萬，我還是得付給你，這場賭局就當是一句笑言，不能讓你虧本！」

上官明月的做法很得體，既不得罪吳建國，賭局贏了後，又裝作沒事一般，把賭局說得輕描淡寫，有意把與吳建國的恩怨消除掉。

不管怎麼樣，上官明月是做生意的，做生意的又怎麼能到處得罪人呢？除了她自己的感情不給人機會外，生意上的事她總是禮尚往來的。

吳建國瞄著桌上的一千萬支票，說實話，不動心是假的，畢竟剛剛的賭局是輸了，幾棟房屋敲不到上官明月，想卡她的脖子也沒辦法了。

吳建國今天其實硬是忍住了，沒對上官明月的金錢攻勢動心。他今天一心想讓上官明月對自己服軟。在他看來，女人嘛，只要有了夫妻之實，她就會把一切都給自己，而自己又是個高權重位的家庭，與上官家族聯姻，也算是門當戶對，她也吃不了什麼虧，只是，這麼多的好處，上官明月怎麼就看不出來呢。

剛剛那些軒尼詩，如果沒人喝是可以退的，但周宣卻硬是喝了二十瓶，這讓吳建國轉眼間就損失了四十萬，他暗地裏其實心痛得很。

別看吳建國在外面很威風，但家裏頭對他其實限制很嚴，雖然不缺錢，但也不能任由他胡亂揮霍，再說，像他這種家庭，經濟能力上雖不差，但若要跟上官明月這種身家比，那就差得太遠了，所以，真正要扔出幾十萬來吃一頓，他還是很心痛的。

吳建國猶豫著想拿起那張支票，李爲卻是嘿嘿冷笑道：

「吳建國，快拿著上官小姐給的錢吧，就當沒賭過，吃乾抹淨了，就什麼事都沒有了，反正你臉皮薄，別人也看不出你的表情來！」

李爲這話一說，上官明月當即皺了皺眉，心知要壞事了，這李爲，真是個愣頭青。

果然，吳建國臉色一變，把手在桌子上狠狠一拍，站起身朝著幾個手下喝道：「還不走？嫌丟人丟得不夠？」吼完又對站在邊上的女服務生說道：「今天這頓記我賬上！」

上官明月卻是趕緊從包包裏取出一張信用卡，遞給了那女服務生，說道：「我來買單！」

服務女生把卡片拿走後，吳建國鐵青著臉，甩手走了出去，門口一個服務生路過差點撞到他，吳建國二話不說，一腳將他踹倒在地，服務生端著盤子裏的水果散落了一地。

周宣瞧上官明月正忙著，幾個服務員又驚又怕的，好在上官明月不像吳建國那麼蠻不講理，帳單拿來就簽了字。

周宣輕輕扯了扯李爲，悄悄拉他出了房間。

走到房間外的巷道裏時，李爲低聲問道：

「幹嘛要走啊，人家上官小姐不正感激我們嗎？聊聊天也好啊！」

周宣笑笑搖著頭說：「要不你跟她在這兒聊吧，我先回去了！」

李爲一怔，隨即連連搖頭：「那可不行。算了，我們走吧！」

雖然他爲上官明月的美色傾倒，但爺爺的話卻不敢違抗，要是爺爺知道自己去勾引上官明月了，肯定又要把自己關起來，那可是得不償失，還是現在趕緊跟著周宣走才是上策。再說，剛剛周宣那神奇的戲法對李爲震撼力極大，李爲還想弄清楚呢。

上官明月簽完單後才發現，周宣和李爲已經不辭而別，怔了怔，這才起身追了出來。

上官明月此時心裏全被周宣塞滿了，當然不是說她喜歡上了周宣，只是周宣替她解了大圍，幫了她一個大忙，卻又不知不覺中溜走了，上官明月覺得很奇怪。

一般來說，要是能與她搭上點什麼關係的男人，只會順勢而上，哪有不聲不響就溜走了的？難道說，還想要玩什麼欲擒故縱的遊戲？

對她上官明月玩這些招數，那也太幼稚了吧，她是什麼人？什麼場面沒見過，什麼遊戲沒玩過呢？

不過說真的，無論如何，上官明月對周宣是心存感激的，畢竟，這樣一場危機，輕易就被這個人化解了，不管他有什麼心思，她還是不喜歡欠人家的情！

周宣和李爲出了明珠娛樂城的大門，李爲去停車場那邊取車，叫周宣稍等一下。

周宣瞧著李爲的身影進到停車場裏後，笑了笑，正想要掏手機給傅盈打個電話，忽然左右湧上來三四個人，挾著他便把他拖上了一輛黑色的凱迪拉克。

上了車，周宣瞧見坐在裏面的是正冷笑著的吳建國，心裏立時便明白了。

後邊又上來一個男人堵住門邊，隨後吳建國朝司機喝道：「開車！」前邊那開車的點了點頭，發動了車子，不料車身似乎輕輕顫動了一下，突然矮了幾分，車也開不動了。

司機把車加大了油門，狠狠踩了幾腳，但車依然不動。

吳建國沉著臉喝道：「你他媽是幹什麼吃的？連個車都開不動？開不了就滾蛋！」

那人趕緊開了車門，下車瞧了瞧，忽然驚訝道：「國哥，國哥，你下來瞧瞧。」

吳建國罵罵咧咧地道：「媽的，真是蠢材，金三，你下去瞧瞧！」

坐在周宣身邊的那個男子應了一聲，隨即下車瞧去，下車後，把車門緊緊關上了。

金三在車邊瞧了一下，驚訝地敲了敲吳建國那邊的車窗玻璃，說道：

「國哥，這車，這車……」

吳建國哼了哼，氣呼呼地打開車門下了車，瞧了一眼卻也呆住了！

這輛車的兩個後輪胎竟然不見了，難怪車開動不了！只是剛剛還坐這車出來的，怎麼忽然間輪胎就不見了？

吳建國雖然覺得奇怪，但現在也沒時間來想這件事，馬上叫人把周宣帶到第二輛車上，他們一共開了三輛車過來。

坐到第二輛車時，車門一關上，吳建國還沒發話，開車的司機便發動了引擎，但握住方向盤準備開車的時候，卻一把將方向盤扭了下來，不由得愣了！

司機拿著方向盤，轉回頭對吳建國訕訕地道：「國哥，這方向盤斷掉了！」

吳建國怒極罵道：「你他媽吃屎吧！」

剩下只有一輛車，吳建國沒有上車，黑著臉道：「你先開一下，看車是不是好好的！」

那人趕緊把車開了十來米，然後又倒回來，把頭從車窗上伸出來說道：「國哥，車是好的！」

吳建國當即一揮手，說道：「金三，帶兩個人上，其他人搭車！」

不過，吳建國坐上車後，金三扭著周宣正要上車，只聽汽車輪胎「砰」的一聲，像爆竹般響了一聲，車胎竟然爆了！

吳建國簡直要發瘋了，一腳踢開車門，罵道：「媽的，搭計程車！」

這時，李爲開了車出來，瞧見吳建國的人正逮著周宣，當即猛剎車，一個箭步竄下車來，冷冷喝道：「吳建國，你敢押走我的人？想要幹架是不是？老子奉陪！」

見李爲到了，吳建國也知道帶不走周宣了，剛剛偷空趁李爲取車不在的時候，想把周宣逮走好好收拾一頓，出出怨氣，但弄到現在還沒走成，李爲又出現了，願望就落空了！

李爲拉了周宣上車，衝著吳建國豎了豎中指，隨後開了車離開。

李爲的吉普車剛剛離開，上官明月就開了輛紅色的保時捷追了過去。看到這個場面，吳建國恨不得要吃人，身上要是有槍的話，肯定會掏出來亂槍掃射了！

吳建國遇到如此糗事，當然不是巧合，這都是周宣施展冰氣異能的結果。他把第一輛車轉化了兩個車輪吞噬掉，又把第二輛車的方向盤給弄斷了，最後再把第三輛車的車胎給弄爆掉。

除了第一輛車消失的那兩個輪胎有點奇怪外，方向盤和爆胎的事還是容易理解的，不過吳建國和他的手下都認爲，這應該是吳建國的對頭偷幹的。只是開出來的時候怎麼沒事呢，一時也說不清楚了。

不管怎麼樣，吳建國一夥人還是沒有懷疑到周宣身上，畢竟周宣是給他們逮著控制住的，在他們看來，周宣不可能動什麼手腳。

「這幫混蛋！我叫幾個人過來收拾收拾！」

李爲一邊開著車一邊發著火，對於吳建國的使壞行爲，李爲十分火大。如果剛才吳建國一夥真把周宣逮走了，就算沒什麼生命危險，只是被痛打一頓，那他的臉也沒地方擱啊！

本想帶著周宣好好玩一玩，卻沒想到差點惹了禍，懊惱了一番後，又問道：

「宣哥，現在去哪兒？」

周宣摸出手機看了看時間，四點五十，離跟許氏的約會時間還有一個小時左右，想了想便道：「去西城飯店，我有個生意要談，約了六點鐘。時間也不早了，早去等一會兒也好！」

李爲點點頭，把車開向環形路口，調了頭，然後才向西城飯店的方向開去。

這邊離宏城花園不遠，周宣瞧著熟悉的街景，倒是有些想念傅盈了，雖然分開沒多久，心裡卻很想她。

西城飯店算是一間中上等的飯店，在京城來說不算是太高檔的，但也算是有點名氣。

服務員上來詢問，周宣直接說道：

「我跟朋友約好了，訂的二〇八房！」

服務員當即把他們帶到二〇八房。

這是一個二十平方左右的小雅間，服務員先上了茶水，吃的周宣說要等到客人來了再點，先喝茶聊天。服務員倒了茶水後，就先離開了。

李爲喝了口茶，皺了皺眉頭說道：「這茶太差！」要不是這地方是周宣自己要來的，他可是想罵人了。

周宣笑了笑，端起茶杯，小小喝了一口，絲毫沒有被吳建國那幫人破壞心情。

「宣哥！」李爲嘿嘿笑了笑，忽然想起了一路上都在想的問題，把頭湊攏了周宣身邊，嗅了嗅問道：「宣哥，你身上聞不到一丁點酒味。那麼多的酒，二十瓶啊，我的天，你都弄到哪兒去啦？呵呵，可別說真的都給你喝了吧？」

周宣笑了笑，正要說話，卻聽到門上輕輕響了兩下。服務員開門說道：

「先生，您的朋友到了！」

「這麼早？」周宣有點吃驚。

服務員讓開了路，從門外婷婷地走進來一個女子，如畫中人兒一般。

李爲當即就站起身：「你，你……」地說不出話來。

第一〇三章

神奇的魔法

上官明月端起茶杯喝水，但把杯子湊到嘴邊喝茶時，
水卻遲遲沒流到嘴裏，她怔了怔，
低頭瞧了瞧茶杯，杯子裏竟然沒有水了！
剛才明明是有水的啊，難道是她不知不覺中喝掉了？

這女孩子不是周宣要邀約的許氏代表人，而是剛剛在明珠娛樂城見過的上官明月！

上官明月見周宣和李爲兩個人都有些發愣，嫣然一笑，拉開椅子自己坐了下來，說道：「你們兩個，一點男士風度都沒有，偷偷溜掉了不說，現在見了面，連坐都不請我坐?!」

上官明月確實很漂亮，跟傅盈不相上下，但卻是不同的美感。當然，周宣不可能喜歡上她，他發愣的原因是，她怎麼會知道這個地方？

周宣對於這種混跡商場的女人，是不想染指的，在明珠娛樂城那兒幫了她，也不是對她有什麼企圖，只是瞧不慣吳建國的囂張，順便出手而已，並沒想得到上官明月的回報。

李爲這時早忘了要問周宣的事情，傻傻地趕緊給上官明月倒了一杯茶。

上官明月一雙妙目卻盯著周宣凝視了一陣，見周宣不動聲色，便說道：

「先生，我能知道你的姓名嗎?大恩不言謝。」

周宣擺擺手，淡淡道：「你根本不必追來，說謝啊報酬什麼的，就更沒必要了，我們並不認識，所以你也不必要問我的姓名。實話說吧，我幫你，只是幾個原因，一是我不能看著李爲在那混蛋面前落下風，二是我也瞧不順眼那混蛋的囂張，三是我學過戲法魔術，剛好可以幫這個忙。不管哪一個原因都不是因爲你，所以你也不必感謝我！」

周宣這話讓李爲頓時不好意思起來，這也太唐突佳人了吧。

上官明月自己則是被噎住了！這傢伙，難道真是想欲擒故縱？或者根本是對女人沒興趣？上官明月對自己的容貌可是有絕對的信心和把握，可以說，從懂事到現在，還沒有哪個男人能抗拒得了她的魅力。所以，對於周宣的這種態度，上官明月有點想不明白了。

上官明月一雙晶瑩的眼珠子仔細審視著周宣，而周宣的眼睛則如清澈的河水一般，一望到底，沒有半分邪念，這與他身上高深莫測的氣質形成了鮮明的對比。

半晌，上官明月倒是先敗退下來，她幾乎真是相信了周宣所說的話，周宣對她是毫無邪念，而且根本不是衝著她來的，所有的事都只是巧合而已！

但真的只是巧合嗎？

上官明月忽然笑了笑，皺了皺好看的鼻子，問道：「那好，不說別的，我只是覺得奇怪，能再看看你的戲法嗎？我可是個無神論者哦。」

上官明月這樣一說，李爲也想起了剛剛想問周宣的事，立即連連點頭說道：

「是啊是啊，周宣大哥，你就再表演一次吧！」

周宣盯著李爲，笑笑不說話，李爲當即不好意思起來，趕緊舉起雙手說道：

「宣哥，我，我，我投降了！」

周宣淡淡一笑，這傢伙爲了討好上官明月，竟然故意把他的名字說出來，這傢伙！

上官明月冰雪聰明，哪會聽不懂，對李爲微微示意了一下。

「宣哥，你就告訴我們吧，表演一下！」李爲確實有些心癢難搔，說歸說，笑歸笑，對周宣在明珠娛樂城喝酒那一手，可真是佩服到五體投地，用他的話就是：「帥呆了。」

周宣淡淡道：「老三，我那一手叫魔術，魔術的意思你懂嗎？既然是魔術的話，那背後玩的手段當然是不能說出來的了！」

李爲抓抓頭，想了想又道：「這個，你要不願意說，那就算了吧！」話是這樣說，但臉上失望的樣子卻很明顯。

上官明月凝了凝目，停了停才說道：「周先生，那這樣吧，既然你也不想我回報，也不想說這件事，那就不說這些。我想，我們還是可以做個普通朋友吧？」

周宣笑了笑，「當然了，我也不是什麼了不得的人，在家靠親人，出門靠朋友嘛，朋友當然是越多越好！」

「很高興認識你，我叫上官明月，複姓上官，名字叫明月，明白的明，月亮的月！」上官明月當即盈盈起身，向周宣伸出了白皙的右手，自我介紹著說了名字。

這個女孩子確實聰明，很懂得迎勢而上。

這是她給周宣的直覺，周宣淡淡道：

「上官小姐，我也很高興認識你。不過，我在這兒約了朋友談事情。」

李爲對周宣的話很是難爲情，這傢伙，是不是不懂看美女啊？這麼漂亮的人，別說跟她戀愛，就是做做普通朋友，握一下手，那也是豔福啊。別人想都想不來，他卻是毫不心動，簡直就是不懂憐香惜玉！

上官明月對周宣又一次掃了她的面子，心裏已經不再是好奇，而是起了一絲薄怒。她生平還從來沒有爲一個男人生過氣，因爲她覺得根本就沒必要爲了男人生氣，他們不值得！

可這卻是怎麼啦？周宣一而再再而三地輕視她，實在讓她沉不住氣了！

周宣下了逐客令，上官明月咬緊了下唇，眉毛豎了豎，卻又忽然笑了笑，乾脆坐了下來！

周宣確實是想讓上官明月儘快離開，他要跟許氏的代表談事，有外人當然不好。雖然不清楚上官明月的底細，但她顯然是有錢人，他自然不願意她這類人摻和在自己的生意裏面了。

不過，上官明月居然在他這種態度下還不生氣，又坐了下來，這倒有些出乎周宣的意料了。

周宣皺了皺眉頭，掏了手機出來看看時間，五點整，還好，還有一個小時才到約定的時間，希望在這之前把她弄走吧。

上官明月見周宣拿手機看時間，知道他是真的要談什麼重要的事，不過，這個男人對她太不禮貌，她心裏很是不服氣，雖然周宣曾經幫了她的大忙，她還是想要戲弄他一下。

女孩子都有一種心思，越是不理會自己的男人，越是能引起她的注意，何況，上官明月是這種超漂亮的女孩子！

上官明月咬了咬唇，然後伸手端了杯子喝了一小口茶，放下茶杯後坐著紋絲不動，那表情就是在說，我還就偏不走了！

周宣有些頭大，上官明月卻又說道：「周先生，你現在反正沒事，你要是給我再表演一下你的魔術，我就走！」

這個上官明月！周宣真有些為難了，這個漂亮的女孩機靈又有分寸，逼人又不過分，一個漂亮的女孩子總是習慣讓男人們讓著些的。既然是這樣，那就不如快刀斬亂麻！

周宣瞇著眼睛，瞧著上官明月問道：「那你要我怎麼樣？魔術可不是隨便就對別人講的，你知道玩魔術的人最痛恨什麼嗎？」

沒等上官明月發問，周宣自己說了出來：「魔術師最痛恨的，就是別人總是問他魔術是怎麼變的，要是人人都知道魔術的秘密了，那魔術師還怎麼玩呢？」

上官明月微微笑道：「不問就不問吧，你能不能再表演表演這個魔術呀？」

上官明月說著，端起茶杯喝水，但把杯子湊到嘴邊喝茶時，水卻遲遲沒流到嘴裏，她怔了怔，低頭瞧了瞧茶杯，杯子裏竟然沒有水了！剛才明明是有水的啊，難道是她不知不覺中喝掉了？

雖然有些奇怪，但也沒有深究，上官明月趕緊掩飾了一下自己的尷尬，伸手端起在酒精燈上燒著的玻璃水壺，往瓷壺裏倒了滾水，然後拿了瓷壺往杯子裏倒茶水。

茶水很燙，水霧瀰漫，上官明月等著茶杯裏的茶水冷下來，一邊又瞧著周宣。

而李爲也緊盯著周宣，一個勁兒鼓動著道：

「宣哥，就來一個吧，你那二十瓶酒都弄去哪兒了？」

說實話，李爲不太相信周宣把酒變走了。因爲他親眼瞧著周宣往嘴裏倒下了這些酒，眾目睽睽之下，周宣根本就不可能作弊。但周宣又跟他悄悄說，他是用戲法變走了。

他開始這麼說的時候，李爲自然是不信的，但周宣卻是真真實實地把酒喝完了，李爲開始對自己的判斷懷疑起來。

李爲說著，也端起茶杯喝水，但也喝了一個空。茶水乾了！隨手拿了瓷壺倒茶水，又端起來喝，卻又是喝了一個空！這才詫異起來，明明剛倒的茶水，怎麼沒喝就乾了？

上官明月也端起茶杯，杯口觸到唇邊輕輕斜了一下，茶水沒有流進嘴裏，在瞧著周宣的同時，手將茶杯更傾斜了一下，但仍然沒有茶水流到嘴裏。

上官明月怔了怔，又瞧了瞧杯子，杯子還是空空如也，這一下她可吃驚起來了！

剛剛確實是倒了茶水的，這是千真萬確的事！上官明月怔了怔後，忽然有些省悟地抬頭瞧著周宣。

周宣淡淡笑著，上官明月忽然明白了。

李爲卻是嘀咕著道：「剛剛才倒的水，怎麼就沒有了？」又伸手拿了瓷壺倒了茶水，拿起來端到嘴邊喝，卻還是沒有茶水。

李爲這一下也明白過來了，恍然大悟道：「宣哥，這又是你變的戲法？」

周宣淡淡道：「上官小姐，你領教了吧？」

上官明月嫣然一笑道：「我都還沒說開始，你就開始了，這可不行，我說好的時候你再變魔術才算！」

周宣咬了咬唇，然後忽然笑了，跟一個漂亮的女孩子鬥什麼鬥？贏了也是輸，輸了更是輸！

「那行，你說吧，你說什麼時候就什麼時候！」周宣平靜了心情，悠悠說著。

周宣想了想，又說道：「這樣吧，你指定東西，我來做！」

爲了防止上官明月反悔，由她自己指定東西，這樣她就再也說不出什麼話來了。

周宣有把握，她肯定是瞧不出破綻的，所以也不擔心。

上官明月瞧了瞧四周，想了想，乾脆把燒得滾滾的玻璃水壺取下來放在面前，玻璃壺裏還有大半瓶水。

上官明月是有意這樣做的。在明珠娛樂城裏，周宣變走了二十瓶軒尼詩酒，但面前這壺卻是滾燙的開水，周宣要用手法藏起來或者喝掉，可是有相當難度，因爲這水是滾開的，會燙傷人！

放到面前後，上官明月就對周宣說道：「就這玻璃壺裏的滾水，你變吧！」說的時候，還特意說了一下「滾水」，以提醒周宣注意。

李爲這個時候也把眼睛瞪得大大的，緊緊盯著周宣，一眨也不敢眨，就怕一眨眼的工夫，周宣就把水變走了。

周宣笑了笑，說道：「既然是魔術，那當然得有道具，沒有道具的話，起碼也得在別人不注意的情況下，你們兩個都盯得死死的，我怎麼變這個戲法啊？」

上官明月其實是絕不相信鬼神之類的說法，所以也絕不相信周宣真的喝掉了那二十瓶軒尼詩，或者是玩的什麼法術，雖然不相信，但以她的聰明才智，居然也瞧不出周宣到底用了什麼手法。瞧不出來也罷了，竟然還一丁點破綻也找不出，這就讓她有種打破砂鍋問到底，不到黃河心不甘的想法了。

周宣這麼一說，上官明月想想也是，這個很正常，當即從自己的皮包裏面拿了一條手絹，抽開來道：「這個給你做道具，可不可以？」

周宣笑了笑，說道：「可以，不過為了讓你們覺得更神秘，我決定玩一手難度比較大的。上官小姐，我不動手，一切由你來替我代勞吧！」

上官明月詫道：「我來代勞？要我怎麼做？」

「你先把手絹打開，平鋪著蓋在玻璃水壺上！」周宣吩咐上官明月將手絹打開來，蓋著那水壺。

上官明月依言，拿了手絹準備蓋上去，蓋之前，還再次把玻璃水壺拿起來搖了搖，又倒了一點點水出來，檢驗壺是好好的，水也好好地在壺裏面，這才把壺放到面前，再把手絹蓋到了壺上面，然後凝神瞧著周宣道：

「然後又要怎麼做？」

在說這話的時候，上官明月甚至還用右手緊緊抓著玻璃水壺的把手，如果周宣想用障眼法之類的手段引開她的注意力，把水壺偷換掉或者拿走，那肯定是辦不到的，因為她可是把水壺抓得緊緊的。

周宣笑了笑，擺了擺手道：「再把手絹拿開就行了！」

上官明月一怔，原以為周宣還要再玩什麼手段，把她的注意力引開，但自己剛把手絹蓋在壺上，周宣卻已經要她揭開了，怎麼這麼簡單？

上官明月怔了怔，隨即伸手揭開手絹。

揭開手絹的那一刹，上官明月和李為同時驚呆了！

在一旁緊盯著的李為，兩顆眼珠子都差點掉了出來！玻璃水壺裏的水已經不見了。整個水壺透明一片，一滴水都沒有。

上官明月右手一動，把玻璃水壺拿起來一動，刹那間感覺到了，壺是空的，沒有重量，輕飄飄的，不可能有水在裏面。

但她依然不敢相信，乾脆把水壺倒過來，壺口朝下。但壺裏確實沒有水，甚至連一滴水都沒剩！

李為「咦」的一聲，伸手從上官明月手裏接過玻璃水壺，用手摸，用眼看，在手裏翻來覆去瞧了半晌，最後才對上官明月訕訕道：

「上官小姐，水……水好像真的不見了！」

「什麼叫好像？」上官哼道，明明是水不見了，哪還有什麼好像？她又不是沒看到。只是嘴裏雖然這樣說著，但心裏卻是狂跳不已，似乎有一種心癢難搔的感覺。這個看似普通的男子此刻在上官明月心裏顯得莫測高深起來。剛剛周宣的這個魔術，讓她除了震驚，仍然是震驚！

上官明月瞧不出破綻，因為周宣一切都是讓她自己動手的，周宣甚至連摸都沒有摸過那玻璃水壺。用手絹蓋的是她，揭開手絹的還是她，但壺裏面的水就是不見了！

李爲一臉糊塗，然後又是一臉興奮，幾乎是傻笑著說道：

「宣哥，不不不，叔叔，叫你爺爺都行，你把這個魔術教給我吧！」

李爲心裏的興奮是無法形容的，周宣玩的這個魔術對他的吸引力實在太大了，如果他會了這一手，拿來勾引女孩子，只怕是百發百中，勾誰都中！

瞧瞧上官明月就知道了，現在的上官明月雖然不會因爲這一手魔術就喜歡上了周宣，但也明顯被周宣吸引住了，如果周宣有心追上官明月的話，那機會肯定是大多了。

李爲可是花了極大心思來追上官明月的，但上官明月對他們這一干人都無動於衷。她不爲財富、權力所動，但現在，卻顯然對周宣有興趣了。

如果會這一手的是他李爲，那這個機會不就是他的了嗎？而更讓李爲爽的是，如果是他把老對頭吳建國打得一敗塗地，那他就是做夢也會笑醒了！

周宣對李爲笑道：「你瞎胡鬧什麼呢！」

上官明月咬著唇，忽然站起身來，到周宣身邊到處瞧了瞧，想看看他身上有沒有什麼機關藏那些水！

周宣眼睛朝也沒朝上官明月瞄一下，淡淡道：「別瞧了！要是能輕易給別人瞧出破綻來，那也不叫魔術了！」

周宣這話也說得很實在，想想以吳建國那比鬼都還要精的人，如果不懷疑周宣搞了鬼才是怪事，但連他也抓不到破綻，找不出證據，那就沒話說了。

其實這幾個人又有誰差了？尤其是上官明月，在英國留學時，還專門與一些科研組織專門研究過特異功能和神學之類的問題，不過最終得出來的結果卻是，這些所謂的能力，都是子虛烏有的事，或許有些可以稱之爲魔術吧，那都是需要道具的，如果仔細研究的話，絕對能找到破綻的。

但周宣這個手法，上官明月確實找不到任何破綻，她聰明的腦子都糊塗了，按照常人的思維來想，周宣這個魔術怎麼可能辦得到呢！

但周宣確確實實辦到了。上官明月不服也得服了，她嘆嘆氣搖著頭，然後回到了自己座位上，說道：「周先生，太神奇了，我想像不到你是怎麼做的！」雖然很好奇，但上官明月也知道，周宣是不會向她透露底細的。

周宣笑了笑，又故弄玄虛道：「其實我還學的不到家，我師父可以把一噸水都變走，而我的手法還不夠快，底子不夠深，只能弄掉瓶子罐子裏的水，量再大一些，我就無能爲力了！」

周宣說這些話，只是要讓上官明月和李爲知道，他玩的就是魔術，是假的，只是他們抓不到破綻而已。

李為抓了抓頭，探頭向周宣問道：「宣哥，你不教我也就算了，能不能告訴我，你的師父在哪兒？」

這話其實也是上官明月想問的，要弄清這個秘密，如果周宣這兒得不到，那找他師父試試也好。說不定換個人，只要用錢就能搞得定了。

「呵呵，實在不好意思啊！」周宣淡淡笑道，「我師父，他老人家已經去世很多年了，你要去找他的墳墓，我倒是可以告訴你在哪兒！」

那不是廢話嗎，我找你師父的墳墓有鬼用！

李為悻悻地道：「宣哥，別整人了，我不過就是想跟你學學這一手嘛，不教就不教！」

上官明月越來越覺得有興趣了，沒有絲毫想走的意思，想了想，又拿著那條手絹問道：「我還是覺得太神奇了，都沒有看清楚，要不我把手絹蓋上，你再把水變回來吧！」

周宣頓時有些傻眼了！

把水變沒有，那再做十次都是小事一樁，但要按上官明月說的，要把水再變回去，那他可就沒有那個能力了！冰氣只能轉化物質為黃金然後吞噬掉，但吞噬掉就沒有了，如何又能再轉化回來？

想了想，周宣尷尬地說道：「哎喲，變走了我就沒辦法再變回來了，我師父還沒教我變回來的手法就去世了啊！」

「那就再變個別的魔術瞧瞧，宣哥，再露一手！」李為興趣正濃。

來之前，爺爺只是讓他要恭敬地對待周宣，卻沒有說過周宣竟會有如此神奇的手段。

其實李為倒是冤枉了他爺爺，包括他老子李雷，除了知道周宣有特別的醫治能力外，其他的能力倒是不知道的。按照老李和李雷父子的想法，猜想周宣大概是有些古傳的神奇中醫術吧。對於那些奇特的醫術，老李倒是知道，這跟武術一樣，老師父是不會亂傳的，更不會讓外人知道。

周宣瞧瞧李為和上官明月，兩個人都是用期盼的眼神盯著他，有些無奈，想了想便道：「那好吧，反正到六點還有一小時，我就陪你們玩玩吧。不過，我只能玩變走東西的魔術，變走了可就變不回來了，你們要變什麼？」

李為興致勃勃地在衣袋裏東翻西翻，但口袋裏除了錢和手機外，卻沒有別的什麼。手上還有一串車鑰匙，不過周宣說了，只能變走，不能變回來，那就不能拿給他變了。

雖然還不明白他把滾水弄到哪裡去了，但有上官明月在，暫時也不問了，等私下裏再來偷偷問他，魔術師肯定是不會暴露自己手法的。

上官明月也拉開包包翻了翻，有幾樣化妝品，鏡子、手機、錢包、車鑰匙，想了想，眼光又落在了桌子上的那個玻璃水壺，剛剛周宣把裏面的滾水變走了，空水壺還在那兒擺著的。

「周先生，你的魔術是只能以液體爲基礎呢，還是不管什麼都行？」上官明月先試探著問了問。

周宣笑了笑，說道：「當然是什麼東西都可以，不過體積太大就不行！」

先把這話說出來的好處是，一來轉化大的物體損耗冰氣太厲害，二來轉化太大的物體會引起他們的猜測。玩魔術，觀眾無法瞭解的種類數不勝數。

上官明月咬了咬嘴唇，把手按著空水壺，然後問道：「這個空水壺可以變嗎？」

周宣摸了摸下巴，想了想說道：「哪裡有那麼大的布和手絹來遮住這個水壺呢？要遮得住，我才能玩得出這個魔術，否則就沒辦法了。」

手絹是太小了，只能遮到上部，無法遮住全部，而倆人身上也沒有別的東西。

李爲想了想，忽然一喜，把桌布半捲了起來，笑道：「這個可以吧，也夠大！」

周宣也笑笑道：「可以啊，你把桌布翻一半起來遮住玻璃壺吧，只要從外面看不到水壺就可以了！」

這一次，上官明月和李爲可都是更仔細地盯著玻璃壺了。

李爲把桌布捲了一半翻過來，然後將玻璃水壺蓋住，桌子上，桌布被頂得高高的，清清楚楚見得到。然後，李爲再伸手壓了壓水壺，感覺到水壺在，這才說道：

「宣哥，你可以開始玩了。」

周宣見上官明月跟李爲一邊瞧著水壺一邊又瞄著自己，淡淡微笑著，道：

「老三，我已經做完啦！」

「什麼？」李爲有些意外，還沒見周宣有任何動靜，他卻說已經做完了。趕緊把手伸到水壺處一壓，桌布立即塌下去，貼到了桌子上。桌布平平鋪著，顯然桌布下面的桌子上沒有任何東西了！

周宣微笑著望著李爲和上官明月，沒說一句話。

上官明月把桌布掀起來，緩緩拉開，這半邊的桌子上空無一物，玻璃水壺不知去向。上官明月和李爲都是張口訝然，再一次被震驚了！

第一〇四章

超級權力

許俊成不明白周宣為什麼會跟這兩個人在一起，
難道也是想吃掉許氏珠寶？
上官明月代表超級財富，李為代表超級權力，
就算是京城頂級的生意人也不敢輕視，何況他許俊成？

在她跟李爲倆人的緊盯之下，周宣仍然把水壺神不知鬼不覺地弄走了！李爲站起身來，到周宣身邊轉了幾圈，又瞧瞧他的手，周宣笑著把一雙手舉起來。

周宣身上只穿了一件單衣，衣袋裏就是放一個打火機也能瞧得出來，更別說是這麼大一個玻璃水壺了，衣袋根本裝不下去，何況剛剛還有那一壺滾水呢？

李爲又瞧瞧地上，以及屋子裏所有的角落。這間屋子裏也沒有別的傢俱，到處是空蕩蕩的，除了桌子就是椅子，周宣進來後一直沒有起身走動，也不可能把東西拿到外面去。

不管李爲和上官明月怎麼瞧，怎麼想，也沒有任何頭緒，誰都不知道滾水和玻璃水壺到底被周宣弄到哪兒去了！

李爲想了想，抓耳搔腮的很是無奈，又激動，便說：「宣哥，能不能教我玩這一手，你說，你說出條件，只要我能辦到的，什麼條件都可以！」

周宣實在是很傷腦筋，這個老三還真是不好打發，想了想，才嘲道：

「老三，我問你一件事，看過《笑傲江湖》這本書沒有？」

「這個……」李爲伸手摸了摸頭，有些尷尬地回答道，「除了學校課本外，凡是小說我都沒有看過，一看那種長篇大部頭，我就會打呼嚕睡覺！」

上官明月柳眉凝皺，她從小在國外長大，所受的教育也都是英式教育，看過的外國名著不少，中國式的古典小說卻只看過很少一部分，對張愛玲還算熟，然後就是《紅樓夢》，三國和水滸只是知道，卻是沒看過，《西遊記》是唯一一本書和電視劇都看過的，但周宣所說的《笑傲江湖》還真沒看過！

瞧這兩個人的模樣，周宣真是無語了，說實話，讀書成績好不好那是一回事，但連金庸都不知道是誰，連他的書都沒看過的人，真是讓周宣不知該說什麼了。

偏偏今天就碰到了兩個，上官明月是女孩子，又是在國外讀書的，不知道還不奇怪，但李爲這種花花公子居然也不知道！

周宣嘆了嘆，說道：「老三，《笑傲江湖》這本書裏有一句話，叫做『欲練神功，揮刀自宮』，你弄懂了再來找我學吧！」

反正李爲是個瞎胡鬧的花花公子，周宣也就跟他瞎扯起來。

上官明月在嘴裏低聲將「欲練神功，揮刀自宮」這話低聲念了幾遍，還是沒有弄懂什麼意思。

李爲想了想，卻是忽然「啊」了一聲，說道：

「啊，我明白了，我好像看過一部電視劇，裏面似乎有這麼一句話，是不是東方不敗、令狐沖那個？」

周宣笑嘻嘻點點頭，這傢伙雖然不看書，但是看電視劇，那也差不多。

李爲笑著正要說話，忽然又是一怔，湊過頭來，低聲在周宣耳邊悄悄問道：

「宣哥，你說的是不是……要割掉那個啊？」

周宣忍不住想笑，但見李爲偷偷瞄了瞄上官明月，怕她聽到不雅，當即把臉色一沉，把聲音壓得極低，嚴肅地道：「是啊，就是那回事！」

李爲呆了呆，忽然又問道：

「那宣哥你自己是不是也……」

周宣笑呵呵的一搖頭，道：「我不用，我是七歲開始練的，這叫童子功。如果……」說到這，周宣湊到李爲耳邊，悄悄說道：

「如果你還是童子身，那就可以練，如果你跟女人上過床，那就慘了，一練就會死，練不成也活不成，不過……把那個切了就可以練了，你要不要練？」

李爲怔了半晌，又是懊悔又是無奈，嘆了嘆還是搖了搖頭，道：「算了吧，我練不成了！」

上官明月哼了哼，說道：「你們幹什麼？說話都怕我聽到？」

李爲見周宣忍不住的微笑，忽然道：「宣哥，你是不是在哄我？怎麼聽都不像是真話，哪有這種事？」

周宣趕緊把臉嚴肅起來，攤攤手道：「你要是不信，那我也沒辦法！」

李爲咬了咬唇，然後又嘿嘿一笑，說道：「算了，不練就不練，我李老三還是李老三，宣哥，要不，你再給我來一手？」

李爲想了想，把桌子上的茶杯拿了一隻，把剩餘的一點水倒掉了，然後把茶杯揣進自己的衣袋裏，用手緊緊捂著，呵呵笑道：

「宣哥，你要是把這個茶杯變走了，那我就真服你，你不教就不教，我也沒辦法，以後你讓我幹什麼我就幹什麼，我全聽你的！」

李爲是想，開始那些滾水和玻璃水壺雖然變走很神奇，但畢竟不像他捏在手裏的茶杯，又是裝在衣袋裏，且是一雙手從外面緊緊握捏在手中的，別說變走了，就是明搶，那也難以從他手裏把這茶杯搶走！

上官明月笑吟吟地盯著他倆，心想：李爲這一招倒也是漂亮，看周宣如何應付！

周宣雙手一攤，笑道：「這個就有難度了，也不知道成不成啊！」

李爲見難住了周宣，得意地呵呵笑道：

「宣哥，你也有不行的時候啊？呵呵……只要你能變走，我就真服……咦！」

「咦」了一聲時，李爲雙手緊緊握住的茶杯成了空的，隨即趕緊把衣袋翻過來，裏面空空的，茶杯竟然不見了！

李爲剎時呆住了，上官明月也是徹底服了，周宣這一手已經不像是魔術了，倒像是仙術了！

兩個人驚得呆愣著的時候，門上響了兩下，服務員敲門進來道：

「先生，訂這間房的先生來了！」

周宣怔了怔，心想，時間怎麼混得這麼快？隨即道：「快請進，請進！」

進來的是許俊成本人，四十歲左右，白白淨淨的，有些書生氣質，不過臉色明顯有些疲憊，顯然是被每況愈下的情形搞得焦頭爛額！

如果是平時，這些事他哪裡會親自出面？但如今樹倒猢猻散，自己的手下四分五裂，都各奔東西，什麼事都要他親歷親爲了。

進了房間後，他首先問道：「請問哪位是周宣周先生？咦？李三哥？你怎麼在這兒？」隨即又瞧見了上官明月，訝然道：「上官小姐，你……你怎麼也在這兒？」獨獨一個周宣是他不認識的！

周宣當即起身把他迎過來，說道：「你是許俊成許先生吧，我是周宣，你好，很高興認識你！」握了握手，然後再請許俊成坐下來。

許俊成坐下後，狐疑地瞧了瞧李爲和上官明月。

這兩個人他都是認識的，李爲是京城最夯的太子爺之一，在京城的上層圈子中，不認識他的太少了。一般生意人都稱呼他爲「三哥」。不過李爲與許俊成沒有多少來往，也就是幾次聚會中認識的。

上官明月跟李為的情形差不多，上官家族的財富可就不是許俊成的許氏珠寶能比的，許俊成做到最興旺的時候，大約也就是十五億身家的樣子，但上官家族隨便在某一個大城市裏的投資便遠不止這個數了。

許俊成認識上官明月，上官明月也認識許俊成，但卻沒有任何私人交情，只是認識而已。

而現在的許俊成可是一個走投無路的人，正在四面楚歌！

許俊成瞧了瞧李為和上官明月，不明白周宣為什麼會跟這兩個人在一起，難道也是想夾攻他，想吃掉許氏珠寶？

確實不由得他不這麼想，上官明月代表的是超級財富，李為代表的是超級權力，就憑這兩個人，就算是京城頂級的生意人也不敢輕視，何況他許俊成？

現在的許俊成可以說是落魄的鳳凰不如雞了。幾家一直覬覦著許氏珠寶的港商和外資大珠寶企業，無不想把許氏占為己有，目前是八仙過海，各顯神通。

以前許氏旺盛的時候，許俊成關係也拉得好，但現在就不同了，許俊成敗得太厲害，回天無力，現在才知道，所謂關係，就是酒肉朋友！

什麼是酒肉朋友呢？就是有吃有喝的時候是朋友，沒吃沒喝的時候就不是朋友了。

許俊成資金鏈斷裂，左求右求都無門，銀行的貸款又被催得冒煙，目前車子和房子都被銀行扣押了，公司倒閉在即。偏偏周宣在這個時候找上他。

那塊地和工廠是許俊成四年多前購下的，因爲太偏僻，又叫不起價，一直擱置在那兒。倒不是說許俊成不想賣掉，而是人家出的價錢都太低，叫他怎麼賣呢？

許俊成坐下後瞧瞧幾個人，猶猶豫豫地不知道怎麼說，也不明白周宣到底有什麼用意。

周宣瞧了瞧上官明月，心想：既然許俊成都到了，這事也不是特別見不得人的，本來是不想有別的生意人在場，但現在大家都已經碰到面了，那也無所謂，自己剛剛幫上官明月解決了吳建國那麼大一個難題，想必她也不會來搗自己的亂吧？

揮手叫了服務員過來，給許俊成上了茶杯倒了茶後，周宣對服務員說道：「等一下再來，我們聊一會兒事！」

等服務員出去後，周宣才舉了舉茶杯，說道：「許先生，請喝茶！」

喝了一口茶後，周宣道：「許先生，我就開門見山吧，我想把你在西郊區的那個解石廠買下來，不知道你有沒有出手的意思？」

當然是想出手，但許俊成不禁在思考著李爲和上官明月也在場的用意，許俊成經商這幾年，心裏面一直很清楚，民不與官鬥，官商官商，商人是要靠著官人才求生存的！

因爲解石廠地勢偏僻，那時候許俊成買那塊地只花了二十多萬，建成工廠一共才花了

三百多萬，那些廠房都只有兩層樓，沒花多少錢，建地卻是不小。

今年也有一個人向許俊成出了一個極低的價，三四十萬，許俊成不賣，也就擱在那兒了。後來決定出租，一個月好歹有幾千塊，比空在那兒要好，也就租了。

現在周宣說要買下來，許俊成倒是抱了幾分興奮的心情趕過來，心想，就算不能賣到成本價，只要能賣個百來萬，那他也就心滿意足了，至少拿來可以支撐自己目前舉步爲艱的困境吧！

但突然出現的李爲和上官明月，又將他的好心情打亂了，於是他心裏兀自琢磨著。

「這個……出手的意思我是有，不過……」許俊成猶豫著，不知道要怎麼說才好，心裏想著，最好先探明李爲的意思再說。他現在的處境，最好還是不要得罪李爲，如果李爲也是爲這事來的，那自己就得見機行事了！

周宣也不想跟他兜圈轉彎，話說回來，這件事不像其他的大生意，沒必要搞得神神秘秘，爾虞我詐的。這也不是周宣的作風。

很多時候，周宣自認爲不是一個合格的生意人，所以古玩店的事，都交給了張老大。

「許先生，我們這筆生意其實很好談，你出價，我還價，你覺得合適就賣，你覺得不合適就不賣！」

許俊成心裏還在猶豫著，李爲和上官明月都沒說話，自己也不明白他們是什麼意思，但周宣這樣開門見山地說了，他便也不好再猶豫，說道：

「這個……我不知道應該怎麼跟周先生說，那個廠房是我四年前購下來的，地是花了二十來萬，建廠房用了三百萬，工廠裏面的機器花了十來萬，差不多就是這樣！」

許俊成說這話是有考慮的，他特別提醒了周宣一下，地是四年前買的，如果這個周宣只是李爲的槍手，他可以不理這話，直接還價；如果是周宣自己想要，那他也可以理解爲，四年前的地價與現在的地價可是兩碼事……但不管怎麼樣，許俊成都是留有餘地的，不想把話說死，也不想得罪人。

周宣想了想，對房地產的事，他也不是很明白，但許俊成的話他是聽得懂意思的，想了想才道：「許先生，四年前和現在的差別是多大，我也不太懂，我就直說吧，你那廠房也偏僻，我出價六百萬，你可以賣嗎？」

許俊成怔了怔，周宣這個回答遠遠超出了他的預料。他一直在想著，能賣個百來萬就可以了，但周宣出的價卻高出了他的想像。聽他這麼說，似乎與李爲和上官明月倆人沒什麼關係。

「六百萬……」許俊成沉吟著，如果不是李爲在場，這個價錢他是馬上就會答應下來的，但又不得不考慮，他和李爲是哪一種關係？周宣是不是李爲的槍手？

上官明月和李爲這時都聽出了一點頭緒，八成是周宣要買許俊成的一處郊區舊廠房。但周宣卻又給了上官明月一次驚訝，他除了有神奇的魔術外，還隨口就開出六百萬的價碼。通常一個人在開價的時候，她就能略微估計到這個人的身家，六百萬，周宣說得波瀾不驚的樣子，估計這六百萬只有他的百分之一的財產吧。

像周宣這般年紀能有這種身家，一般只有兩種情況，一種是家族財產，就是所謂的官富二代，另一種是自己打拼出來的。但周宣太年輕了，像這種年紀能有上億身家，很難，把目前最年輕的億萬富翁一一列舉出來，能在二十來歲就有過億財富的，倒是不多見。

許俊成猶豫的時候，一邊的李爲奇怪道：

「宣哥，你要買那廠房幹什麼？西郊太偏僻了吧，你要廠房跟我說，我給你找更好的，又便宜又好！」

周宣笑著搖搖頭，說道：「謝謝了，我瞧那兒挺好的，我是準備買來做解石場的，就是翡翠玉石毛料廠，因爲噪音大，占據的面積又大，郊區才方便！」

周宣這麼一說，許俊成和上官明月都是一怔。許俊成先開口道：

「周先生也做珠寶生意？」

「呵呵！」周宣笑笑回答道，「我暫時在潘家園那邊弄了一間古玩店，因爲在籌備開業，貨物比較少，這回我到雲南購回了一大批毛料，需要解石工廠。我的朋友租了你那個廠房，但我想更方便一些，把廠房再投資建大一點，所以就想買下來。」

上官明月心裏想，瞧周宣這個樣子，怎麼也不像是做古玩玉器的，在她的印象裏，玩古玩玉石的，都是老頭子們幹的事，怎麼會跟年輕人沾上邊？

許俊成聽到周宣說賭了一大批毛料回來，心裏就是一驚，他現在一聽到「賭石」的話題就打顫，自己億萬身家不就是在賭石上敗落的嗎？如果不是賭石，自己的生意雖然沒有後來那麼大的規模，但也不至於像現在這麼落魄。如今，他欠的債比財產還多，這全都是因為賭石啊！

但許俊成又清楚地聽到，李為叫周宣為「宣哥」，心裏又有些驚疑，能讓李為這種天不怕地不怕的太子爺叫一聲「哥」的，那可不簡單。

這個周宣究竟是什麼來頭？許俊成在京城可也算是老油條了，京城裏頗有些來頭的人，他都聽說過，雖然不一定有來往，但至少也不會像對周宣這麼陌生！周宣主動給他開了六百萬的價，是答應還是不答應呢？還真是左右為難！

周宣見許俊成十分猶豫，便又問道：「許先生，你倒是說吧，賣還是不賣？」

上官明月這個時候開了口，淡淡道：

「許先生，我是做房地產的，你西郊區的地我也知道，現在還沒有往西城那邊開發的意思，地價一時半會兒漲不起來。按我們的審核眼光來看，你那塊地一直沒有升值，加上所有成本，最高也只值三百萬，如果是做生意的，給你開的價只會在一百五十萬左右，那還算是最高的！」

上官明月說的話，是很實際的生意人說的行話。她其實是想提醒周宣，根本不需要花六百萬的高價。

周宣那一手魔術雖然玩得漂亮，但剛剛跟許俊成談買賣的口氣，差點就讓上官明月要噴火了！這人簡直比個菜鳥都不如。一個不懂行情的菜鳥也還會說價壓價，但周宣的語氣卻好像是要漲價不說，還要給他加價！這麼明顯的談判心理都抓不住，如果他做生意，當真是要虧本的。

對於上官明月的好意，周宣當然明白，但他本就不是一個合格的生意人，這個廠房他就是想要，價錢高一點也無所謂。反正他賺錢的速度和手段也不是別人能理解的，對他來說，錢就是擺在地上，由他撿的。

不過周宣也不是傻子，上官明月的好意他不能不領情，許俊成那塊地的實際價值並不高，反正自己已經出了價，那就等許俊成的回答再說。當然，那塊地到了周宣手中後，那價值又不同了，不過這個當然是不能說出來的。

許俊成也是個老手，他馬上就可以斷定，上官明月和李爲跟周宣有著不淺的關係，因爲兩個人都在替周宣說話。

不過，許俊成實在是被逼得慌了，想一想，反正一個擁有億萬身家的富翁，現在車子房子都沒了，公司正瀕臨倒閉被吞併，而自己還被無數的巨額債務追逼，對錢的渴望當然比誰都強烈！只要能拿到錢，許俊成也就不想想那麼多了。

「這樣吧，周先生，既然你跟三哥是朋友，那你就隨便給個價吧！」許俊成心裏也有計較，在以前，自然不會像現在這麼說，但現在正落魄，講不起面子。

周宣想了想，說道：「許先生，我想我還是給你六百萬吧，也許你現在很需要這筆錢。我想我不是個做生意的料子，如果你願意的話，我們就成交！」

許俊成怔了怔，心裏忽然有了點暖意，自己以前遇到的人，全都是想方設法要吞他財產奪他生意的，但他也不怪他們，因爲這個社會就是個弱肉強食的社會，在之前，他也是一樣的，一樣的念頭，一樣的做法！

但這個周宣卻完全不同，他明知道可以不用出那麼多錢，明知道可以狠狠壓價，然後用很低的價錢把工廠買下來，但他卻還是出六百萬的高價，這明顯是不忍心讓他在困境中再吃虧啊，這種做法，可真不是當今生意人的心態啊！

許俊成忽然想起自己以前吞掉那些小珠寶商的情形，甚至有一個小珠寶商被他逼得跳樓自殺。在之前，那個人來找過許俊成，希望能以可以接受的價格把店鋪賣給他，但許俊成只給了很低的價錢。

站在做生意的立場上，許俊成的做法無可非議，但如今看來，許俊成才明白了當年那個人的心情。實在是自做孽不可活啊！自己得勢的時候就毫無顧忌地壓榨別人，到頭來，自己也有落敗的一天。周宣這樣的做法無疑讓他很羞愧！

許俊成在這麼短短的一瞬間，就覺得周宣是一個可以深交的朋友，是一個可以當兄弟來交往的朋友，心裏暖暖的熱意不散，喉嚨裏哽咽了一下，然後說道：

「周先生，這樣吧，我現在沒有帶工廠的權狀，也沒有準備一切手續所需要的文件，這樣，我先回去準備一下，明天就到工廠裏把手續辦了吧，不管多少錢，工廠就只會賣給你！」

許俊成說這話，周宣感覺得到他有種濃濃的悲涼味道。不過，他之前跟傅盈在珠寶賣場也見到過許氏珠寶的作風，他店裏的店員跟別的店截然不同，難怪許氏珠寶會像今天這樣日落西山！

許俊成說了這話，隨即站起身對周宣說道：「周先生，明天早上九點，我準時到工廠裏來，很高興認識你！」說完又與周宣握了握手，走之前，給了周宣一張名片。

等許俊成走後，上官明月才說道：

「周先生，我看你倒真是跟別人不一樣。本來嘛，我覺得你不懂做生意，但瞧你玩的這一手，卻明顯是大智若愚。許俊成這個時候四面楚歌，你這種雪中送炭的做法讓他很感動，這個工廠，他肯定是賣給你了！」

周宣淡淡道：「上官小姐，我真的是不會做生意，也沒你想得那麼深沉，什麼大智若愚，什麼雪中送炭，我只是不忍心，人嘛，哪個沒有爲難落魄的時候？搞不好哪一天就輪到我了！」

上官明月被周宣這麼一說，微微笑了笑，沒再說話。

李爲也笑笑說道：「宣哥，你說的約會就是跟這個許俊成嗎？生意談成了，飯也沒吃，要不現在就回我家去，我爺爺正等著你呢！」

李爲這時候又想起了周宣把他捂著的茶杯變沒了的事，心裏想著，還是把周宣帶回家比較好，有爺爺坐鎮，自己也可以好好套一套他的秘密。

上官明月雖是李爲很想追求的女孩子，但現在，他對周宣那奇異的魔術更是心神俱醉，雖然周宣說了什麼「欲練神功揮刀自宮」的話，但李爲認爲這根本是瞎扯，是周宣搪塞自己的話，眼下，周宣對他的吸引力，已經遠遠超過了上官明月！

周宣瞧了瞧上官明月，又瞧了瞧李爲，心裏略一思索，馬上站起身，說道：

「那好，我也想瞧瞧李老，剛才有跟許先生的約會，現在沒事了，那就去你家吧！」

李爲大喜，呵呵笑著，拖了周宣便走。到櫃臺隨手扔了五百塊錢，因爲沒有點菜，給五百塊也算是很大方的舉動。

周宣答應跟著李爲，是因爲上官明月這個女孩子太精明，不好唬弄，他可不想跟她再多打交道，免得以後被她瞧出破綻，難以招架。而李爲就好說多了，他背後有老李呢，老李肯定是絕對維護周宣的，這個周宣很有把握。

李爲剛把車開出來，上官明月也把她的紅色保時捷開了出來，探著頭吟吟道：「李爲，你不是一直想請我到你家坐坐嗎，現在去吧！」

周宣一怔，隨即趕緊坐上李爲的車，催道：「快走快走！」

李爲一邊開車一邊說道：「上官小姐，我……」

周宣卻打斷了他的話，說道：「走走走！」

上官明月對李爲是很有把握的，嫣然一笑，扭動方向盤便要追上去，忽然間，車子往左一偏，她覺得不對勁，探頭往下面一瞧，不禁愣了！

保時捷的左車輪胎竟然脫落出來，骨碌碌地滾到了幾米外！

上官明月下了車，瞧著自己的保時捷和滾到一邊的車輪胎，不禁愣了起來！

這樣倒楣的事她可還沒有遇到過，又瞧著周宣和李爲的那輛吉普車已經匯入滾滾車流中消失不見，不由氣得咬牙跺腳！

開著車的李爲從照後鏡裏瞧著上官明月的樣子，不禁好笑，說道：

「宣哥，怎麼她會遇上了這麼倒楣的事啊？呵呵，不過這樣也好，沒有她跟著，你應該跟我說說那些事了吧？」

「說什麼事？」周宣故意問著，口袋裏的電話響了，拿出來瞧了瞧，是傅盈打來的，當即接通了問道：「盈盈，什麼事？」

「剛剛爸爸從店裏打電話回來，說是有個人拿了一個東西來，他們都認不出是什麼，老吳和張老大都出去了，電話也聯繫不上，我就給你打電話了，你的事辦完了嗎？」

「哦，」周宣沉吟了下，隨即說道，「那好，我馬上趕到店裏去！」

李為在一旁聽到，立即問道：「宣哥，要去哪裡？」

周宣也不客氣，指了指方向，說道：「去潘家園！」

第一〇五章

筆筒玄機

周宣冰氣探測到這個空間裏面，
有一個捲成筒狀塞在裏面的紙條，
底部中心部位有一個手指頭一般大小的圓孔，
但圓孔給蠟封住了，外層再用膠泥封了一遍，
看起來就像是完整的陶瓷燒製而成。

京城就算再隱秘的地方，李爲差不多都知道，在李爲看來，北京要是有他不知道的地方，那才奇怪了。

到潘家園，李爲只開了二十多分鐘，一來路熟，不繞彎路，二是李爲開得很快，路上有交警也不敢攔他，對掛牌的車，交警都是以少惹麻煩爲妙。

在停車場停好車，周宣才帶了李爲到周張古玩店裏，這時候已經過了六點，一般的店鋪都打烊關門了，他們這個店關得遲一點，因爲晚上周宣的爸爸留守在這兒，今天的情況更特殊，因爲突然有個客人來了，周蒼松打了電話後，就讓那客人等著，等到周宣趕過來。

周宣和李爲一進店，周蒼松就趕緊迎上來說道：「兒子，你看看這位客人的東西，我也不懂，張老大和老吳又聯繫不上！」

店裏坐著一個中年男子，周宣一見便覺得眼熟，想了想，馬上就想起來了，這個中年男人就是前兩天來賣硯台的那個人。

等了差不多兩個多小時，這個人見周宣趕來，當即也是一喜，趕緊站起身道：

「老闆，你看看吧，我這東西可是好東西了，因爲上次我們做過生意，覺得你們店不錯，所以我也不賣給別家店了！」

來者是客，做生意就是這樣，不過周宣不大喜歡這個人，猜想他又是從家裏偷了東西出來，換錢去賭的。

李爲進了店裏，感覺到很新鮮，東瞧西看的。

周宣給李爲介紹了一下：「爸，這是我的朋友李爲！爸，你把門關起來吧，等一下走小門。」

李爲很禮貌地向周蒼松喊了一聲：「叔叔！」然後又瞧著架子上的物件。

周蒼松答應了一聲，先是關了店門，然後又來到桌邊。

周宣瞧了瞧桌子上的東西，這是一個筆筒模樣的東西，黑色，有二三十公分高，旁邊是一幅竹畫，雖然只有幾節，但葉片粗獷，形象很是生動。

在古代，文房四寶是指紙筆硯墨，除此之外，還有筆洗、筆筒這些都是文房需用之物。在古時，習文的書生或者官宦之家都有這個東西，用來作筆筒的，有的是用陶瓷，有的用竹木根雕，如果年代久遠的話，像陶瓷的筆筒也不乏珍品。

周宣沒有對那個人應聲，只是先用眼瞧了瞧外表，這是個陶瓷筆筒，筆筒上下通體黑色，黑得跟黑油漆一般。

周宣把筆筒拿起來後，又瞧了瞧底部，依然黑得閃亮，對於這一類東西，他接觸得很少，只見過一些瓷器，比如青花、盤碗瓶之類，筆筒確實沒見過。

以周宣所知道的知識和經驗，還真辨不出這筆筒的年份來歷，瞧了一陣子後，周宣還是把冰氣運起試探了一下。

當冰氣探測到筆筒上時，周宣便知道這筆筒只不過是清末土窯燒製的普通貨，淡淡一笑，正要把冰氣收回來時，忽然冰氣似乎探到一個東西，腦子一動，當即仔細測了一下，這才又發現那筆筒底部還有一寸左右的中空，因爲通體漆黑，所以一般不容易從筆筒裏面的空間來知道底部還有這個厚度。

當然，底層另有一層空間也不是怪事，而是周宣冰氣探測到這個空間裏面，有一個捲成筒狀塞在裏面的紙條，底部並不完全是陶瓷封口的，而是中心部位有一個手指頭一般大小的圓孔，但現在這個圓孔給蠟封住了，外層再用膠泥封了一遍，然後又刷了油漆，最後看起來就像是完整的陶瓷燒製而成，瞧不到圓孔的一丁點痕跡。

要說這個筆筒確實值不了什麼錢，但周宣好奇的是筆筒裏面的那個紙筒，能這麼藏在裏面的東西，想必也是一個秘密吧，但過了這麼久的年代，就算是秘密也沒多大用處了。

周宣用冰氣探測到那個蠟封和油漆都有八十年之久，那就表示這張紙條至少塞在裏面有八十年的時間了，有點奇怪，想了想便道：

「你這個筆筒，年份不是太久，是清末明初的土窯製，大約是八十多年吧，從畫工釉色工藝來看，都不是佳品，你自己說吧，想要多少錢？」

那個中年男人聽了周宣這句話，臉上略有些失望，本來聽周蒼松說老吳和張老大不在，準備把他兒子叫過來瞧瞧，心裏還喜了一下，周蒼松說，他兒子就是上次他見到過的那個年輕人，心想：他這年紀怎麼辨得出好壞？只要把價叫得高一些，自己再瞎吹胡說一番，說不定便能從這年輕老闆手裏騙一大筆錢吧。

不過周宣這樣一說，聽起來還蠻像那麼一回事，那中年男子也不知道周宣是真懂還是假懂，皺了皺眉頭說道：

「這可是我家裏的傳家之寶啊，我老頭子當年可是當寶一樣守著的，死了後，又給我媽鎖在了床頭櫃子裏，我想了好久也沒弄到這東西，現在趁我媽走親戚我才拿了出來，怎麼又會是沒有年代的東西？你也是瞎矇的吧？」

周宣淡淡一笑，雙手一堆，把筆筒推到他面前說：「你要是不信，那就拿到別家店去瞧瞧吧！」

那中年人見周宣氣淡神閒，雖然年輕，但這份沉穩氣質倒也不像是裝的，又把筆筒推回了給他，當即訕訕道：

「算了算了，你出個價錢我看看，這個時候，別的店可都關了門，你讓我拿到哪兒去，我現在可缺錢呢！」

周宣搖搖頭，嘆息了一聲，勸道：

「我看你還是把筆筒拿回去給你媽吧，缺錢可以商量一下，這筆筒不值什麼錢，但老人家珍藏著，那肯定有珍藏的道理，還是別忤逆老人家的意思！」

那中年人頓時急了，趕緊道：「怎麼又說到那個上面去了？你到底要不要？不要，我找朋友再看，要不是時間晚了，別的店都關門了，我真拿到別家店去了！」

周宣想了想，點點頭道：「那好吧，我給你一千塊，你要覺得可以就拿去，要覺得低了，就把筆筒帶回去，明天再拿到別家店瞧瞧。」

說實話，周宣出一千塊的價錢，也只是想瞧瞧裏面的那個紙條上究竟寫了什麼，要說這個筆筒的真實價值，周宣雖然說不清楚，但估計也值不了多少錢。

那中年男子張了張口，然後拍了一下腿，說道：「好吧好吧，一千就一千，給錢吧！」

周宣沒讓周蒼松拿店裏的錢，自己從衣袋裏掏出皮夾，取了一千塊遞給他，那個中年男人拿了錢也沒說別的，急著讓周蒼松給他開了門就匆匆走了！

周宣在他走後，讓父親關了店門，然後拿著筆筒敲了敲底部，有些空悶的聲音，想了想說道：

「爸，有沒有水果刀或者鏍絲刀什麼的？」

周蒼松點點頭，到裡面去拿了一把小尖刀出來，這刀像半面剪刀，尖頭上很尖，刀刃卻很鈍，看來割什麼都割不動。

李爲瞧了半天，對這些東西不懂，興趣過了，也就索然無味地過來坐下，瞧周宣拿著尖刀對著筆筒，忍不住問道：

「宣哥，這東西好像是陶瓷的吧，你拿把刀就想割開嗎？哈哈，這把刀怕是連水果都難切開吧！」

周宣笑了笑，沒有說話，正想著從底部圓孔處下手撬開，卻聽見門上響了一下，周蒼松趕緊過去開門。

打開小門，進來的卻是張老大和老吳，周宣當即向老吳招招手，笑道：

「吳老，你過來瞧瞧，我剛剛買下了一個筆筒，你瞧瞧怎麼樣！」

張老大笑道：「幸好我跟吳老說回來瞧一下，果然就碰到了你，呵呵，你又買了什麼？」

周宣的運氣，張老大是最清楚的，隨便出手一下便是奇珍異寶，今天又出手了，想必也是一件不差的好東西。

老吳拿了筆筒，在燈下打著轉瞧了一會兒，然後搖搖頭說：

「這個筆筒質地並不好，以畫面和釉色來看，這種風格應是清末明初的土窯風格，雖然沒有款識，但年份不會太久，色澤也不好，而且底部還有油漆補過的痕跡，雖然一般人瞧不出來，但還是瞞不過我。我只是奇怪，這筆筒本身並不是一件值錢的物品，但油漆添補的手法卻不差，花功夫補這麼一個不值錢的玩意，有點想不通！」

周宣是用冰氣測過的，知道其中的玄機，他對老吳的眼力佩服不已，要不是自己有冰氣異能，又哪裡能知道油漆添補的原因呢。

笑了笑，周宣說道：「吳老，我花了一千塊，你覺得呢？」

老吳淡淡一笑，道：「你是老闆，一千塊當然無所謂，虧也不算虧，實際價值，大概是五六百吧，放在這兒有人要，或許千來塊也能出手。」

周宣又笑笑道：「吳老，我聽到你說的油漆添補有些道理，其實我也是瞧到了這一點，否則他這個筆筒我還不想要，我認為，這油漆只是用來作掩飾的，你再瞧瞧筆筒的中空，會不會覺得有些異常？」

老吳一怔，當即仔細瞧了瞧筆筒，又拿了一把尺伸到裏面量了量，然後比了比外面的高度，頓時詫道：

「這整個筆筒的高度是二十七公分，但內裏的底部封筆筒口卻只有二十公分高，那就是說，筆筒的底部有七公分的厚度！」

說到這兒，老吳又用手掂了掂重量，又道：「從這個重量來看，底層並不是實心的，而是中空的。」

周宣笑笑道：「吳老，我認為那個油漆是做來用遮掩的，想必是想擋住什麼，我想，反正這筆筒也不是很值錢，買下來看看裏面會不會藏了什麼東西？」

老吳怔了怔，然後道：「這倒是有些可能！」心裏卻想，這個年輕老闆倒真是常常讓他出乎意料，說他不懂吧，他卻偏偏瞧到這麼細微的地方，即便是他也沒想到這上面來，原來以爲他給一千塊是給多了，倒是另有理由，倒也不算得吃虧。

周宣笑笑著把尖刀遞給他，老吳接過去，先是用尖刀柄輕輕敲著筆筒底部，從響聲聽著差異之處。檢查了片刻，然後道：「這筆筒底部有一部分不是陶瓷的，聲音不同，是用泥土之類的東西添補，然後再刷了油漆！」

說著，用尖刀尖部頂在底部中間的位置處，然後用力一撬，頓時將筆筒底部那個小圓孔撬了開來，在旁邊瞧著的張老大、周蒼松、李爲都是感到驚訝不已，當然，只有周宣不感覺奇怪。

老吳放下尖刀，然後把筆筒倒過來，把小圓孔對準了燈光處，瞧了瞧，皺了皺眉，看不清楚。

周蒼松趕緊又到裡間拿了一支手電筒出來，老吳拿著手電筒照著小圓孔，仔細瞧了瞧，說道：

「裏面有東西，好像是個紙筒，老周，找個小鑷子過來！」

周蒼松趕緊又拿了一把小鑷子過來，老吳接過鑷子，小心探進筆筒底部那個小圓孔裏，活動了好幾下才夾住裏面那個紙筒，然後輕輕拉了出來。

老吳把捲著的紙筒放在桌子上，然後又拿手電筒對著瞧了瞧裏面，又搖了搖，試了試裏面再沒有東西後，這才把筆筒放下。

周宣是早知道裏面沒有東西了的，所以也沒有用冰氣再去探測，好奇心也早被那個紙筒吸引了，不知道上面寫著什麼。

老吳拿著紙筒先沒有打開來，而是指著撬開小圓孔落下的殘屑說道：

「這些是陶瓷土和膠泥混合成的，外表刷了黑色油漆，如果不仔細瞧還瞧不出來，但一般人就算瞧出來，也不會知道其中還有玄機吧。估計這個筆筒的擁有者對後代是有囑咐的，當成傳家寶傳下來，所以這個並不貴重的東西得以保存得如此完好！」

「老……老先生，還是趕緊看看紙條上寫的是什麼吧！」李爲性子比較急，準備叫老頭子時，才想到他是周宣店裏的人，趕緊改了，周宣都尊敬的人，他可不敢隨便得罪。

老吳拿著紙筒笑問道：「咱們大家都來猜猜，看看誰猜的結果比較相近！我先說一下，這個紙筒藏在筆筒裏的年份至少有八十年了！」

周蒼松笑笑說：「老吳啊，這東西，怕是老一輩的給下輩人立的遺囑吧，但又可能死的時候太倉促，來不及說出來就死了，所以這個紙筒也就仍然藏在了裏面。」

李爲卻是把頭伸近了些，眨著眼睛說：「會不會是武功秘笈？像什麼九陰九陽的真經，乾坤大挪移什麼的？」

老吳白了他一眼，哼道：「你這個小夥子，武俠小說看多了吧！」

李爲訕訕道：「武俠小說我還真不看！」其實李爲說錯了，凡是書，他基本上都不喜歡看。

「吳老！」周宣最後才說，「我想，這會不會是什麼藏寶圖之類的？」

老吳笑了笑，這才慢慢將紙筒打開。在燈光下面，幾個人都專心瞧著。

這個紙筒打開後，大家才看到，這是由兩張紙捲成筒狀的。

老吳把兩張紙片分開來，其中一張寫滿了字，有些潦草，而且好像還是繁體字，寫的什麼，周宣和李爲都不大認識，學歷最低的周蒼松就更是不認得了。另一張紙上是一幅圖，但不是人物圖，好像是一幅地圖的模樣。

老吳把那張寫字的紙片拿到手上仔細瞧了起來，看完後又沉吟起來。

李爲最急，連連催問道：「是什麼啊，上面寫了什麼？」

老吳朝周宣點點頭說道：「小周猜測的比較靠譜，還真是個藏寶圖之類的東西！」

說著，老吳又把兩張紙平鋪在桌面上，緩緩說道：

「這個圖，是東海海域的一個地方，我不是很懂，所以也搞不清楚具體是哪兒，而且，這個圖的製圖手法像是咸豐年間，清朝中後期的做法與現代有很大不同。」

老吳瞧了瞧周宣，笑笑道：

「另外，這個寫字的人，我倒覺得是個民族英雄。這個人名叫張虎，是個會武藝、水性很高的綠林豪傑。一百五十年前，大約是咸豐十年左右吧，第二次鴉片戰爭時期，英法美俄等聯軍火燒圓明園，搶掠我國財富，掠走了大批金銀財寶和極有價值古玩、文物字畫海運回國時，這個張虎就混進英吉利貨船中，伺機炸沉了一艘船。而這艘船，據張虎說，是裝載珍寶最多的一艘船。

張虎在沉船後，與接應他的漁船會合，船雖然炸沉了，但這個區域的深度已經遠超過了他們能潛到的距離，所以這艘載有大量珍寶的貨船便永遠沉寂在了黃海海底。張虎也只能把這個沉船地點繪製下來，後來，他的子孫用專門燒製的筆筒藏住張虎繪製的圖，又寫了一張紙條放在一起，這張紙條就是說明了另一張圖的原因！」

「原來是這樣的珍寶，那應該很值錢了！」李為雖然不懂古玩古董一類的東西，但從小學課本上便知道，圓明園裏的珍藏財寶，那可不是一般的民間文物，圓明園是清皇室的博物館，放的都是皇室國寶，隨便拿一件那也是價值連城的寶貝。

「何止用一個『價值連城』來形容！」老吳嘆息著搖了搖頭，隨即又道：

「我不是歷史學家，沒必要來為這件事的是非功過來評論，就以事論事吧，我覺得這張圖的可靠性並不大，一是因為那個年代對地圖的繪製並不全面，也不精準。二是張虎這個人，他對那片海域熟，水性好，只是以他的認識瞭解來繪這幅圖，換了別人，可能就不認得了。而且，張虎並不是個有學問的人，對座標、經緯度當然就更不用說了。這張圖在當時來說或許有點價值，但價值並不大，因爲沒有任何工具能潛入深達千米以上的海底，就算我們知道在哪兒，也沒有辦法打撈起來！」

聽到老吳說這是沉船，而且藏寶很多，周宣心裏一動，但隨即又有些好笑，這大海茫茫，一艘沉船又何其難找？別人不知道，自己可是在海上漂流過的，要憑一張根本就不準確的圖片來找這艘船可是很難；而且還有另一個原因，最近幾十年，打撈起來的沉船何其之多？說不定這艘船早被撈起來了呢！

反正自己也不缺錢，賺的錢已經足夠他用了，沒必要再去費這些力。再說，要打撈一艘沉船，那人力物力可不得了，不是憑他一個人就能行的，而且自己的潛水底限是四百至五百米左右，超過這個深度，自己也無能爲力。

當然，現代的打撈水準不是以前能比的，深水潛艇、打撈船紛紛出籠，但同樣也有麻煩，比如像這一類沉船，就算打撈到了，那也是屬於國有財產，不像其他國家，只要是在公海外打撈的沉船，其財富都是屬於私人所有。

費了很大的力，打撈起來卻不是屬於自己的，那沒多大意思。從目前來看，真要找到這艘不知還存不存在的沉船，還是個很大的問題，只略想了想，周宣便放棄了。

老吳把兩張紙片放好，然後又找了些泥膠封住那筆筒的口子，再把油漆罐噴了幾下，除了油漆稍差些，基本上瞧不出來有什麼異常。

然後，老吳又把那兩張紙條遞給周宣，說道：

「小周，這紙片還是給你吧，這東西算是你私人買下的，你拿著，想不想尋寶，你自個兒考慮。這個筆筒就放在店裏，能幫你賣掉就賣了。晚了，快回去吧！」

周宣笑著把紙片接過來揣在身上，所幸這張紙片一直是密封在筆筒底部裏的，若是放在外面，一百多年怕也是要風化了。

周蒼松依舊在店裏守著，張老大開車送老吳回家，然後自己回去。周宣則是跟李為一起，坐了李為的車回宏城花園。

李為晚上不好意思再跑到周宣家裏去打擾，笑笑道：

「宣哥，我知道你明天早上九點要跟許俊成談生意，我八點半到這兒來接你，反正我也沒有別的事，就跟著你混時間吧，跟著你，我爺爺也放心，不會擔心我又出去鬼混，二來，那個許俊成對我很信任，我說句話也還管用，一起去會有點好處的！」

周宣正在考慮，李為已經不給他拒絕的機會，揮了揮手，叫道：

「宣哥，我走了，拜拜！」

等周宣瞧著他時，他早開了車，一溜煙跑出很遠了。

周宣苦笑著搖搖頭，然後進屋。

不過，周宣雖然對李爲頭痛，卻很喜歡這個魯莽的傢伙，身分雖不尋常，但個性卻很直爽，也不仗勢欺人，又有同情心，對這樣的人，周宣是挺願意跟他交朋友的，就好像洪哥一樣，不過，李爲可遠沒有洪哥的心計深了。

家裏，傅盈和金秀梅，小妹周瑩，還有劉嫂都在客廳裏看電視聊天。

周宣進來後，周瑩首先嗔道：「哥，也不知道你是幹什麼的，也不用管店，也沒有別的事，怎麼一天到晚都不見人影？」

周宣笑呵呵拍了拍她的頭，隨即坐在傅盈身邊，問道：「你們都在聊些什麼啊？」

幾個人頓時都搖起頭來，金秀梅說道：「女人家聊天，你問什麼！兒子，吃過飯沒有？」

「吃過了！」周宣隨口答道：「我有點睏，先上樓洗個澡，明天還要到石廠裏談事，先去睡了，你們繼續聊吧！」

周宣上樓時，金秀梅向傅盈眨了眨眼，又輕輕推了一下她。傅盈臉一紅，但還是不作聲地站起身跟了上去。

傅盈跟進來後，周宣自然不好意思關門脫衣服，笑了笑問道：「盈盈，有話跟我說？」

傅盈有些羞澀地遲疑了一下，張了張口卻又閉住了。

周宣「嗯」了一下，說道：「盈盈，我知道你愛死我了，來吧！」說著把臉伸了過去，指了指左臉右臉，又道：「來吧，讓你親個夠！」

「呸，臭美！」傅盈紅了臉惱著，終於還是問了出來：「你見了曉晴沒有？」

原來是心裏吃醋了！

周宣笑笑道：「曉晴在哪兒我都不知道。我沒見到她，你見到了沒有？」

傅盈當即放下心來，周宣雖然喜歡跟她嘻笑，但卻不會騙她，而且自己也打過電話了，周宣還去了一趟店裏，聽他的語氣很忙，應該是沒有時間做其他的，再說，周宣對她的感情，傅盈是很明白的，不會有二心，而且曉晴的身分也是沾惹不得的。

周宣見傅盈神色輕鬆了，又道：「臉不親，算了，就嘴上來一下吧！」

傅盈害羞地等著周宣主動，但樓下周瑩大聲叫了一下：「嫂子！」傅盈頓時像受驚的鳥兒，迅即往門外跑了。

周宣苦笑著搖了搖頭，這麼害羞的老婆！又氣惱妹妹，這個丫頭，什麼時候不好叫，這時候叫嫂子幹嘛！

惱歸惱，還是關了門，洗了個澡後躺到床上。練了一陣冰氣，然後拿起書來看，這已經是周宣每晚睡前必做的兩件事。

練冰氣的好處就不用說了，現在幾乎什麼事都離不開冰氣，也幾乎用得得心應手，彷彿便是用手用腳一般隨心所欲，要是不用，反而不自在。

看古玩知識一類的書，也是有好處的，至少現在跟一些行內人聊天打諢，自己都能應付得過去，不像以前，說一句話人家便知道他是個菜鳥了。

因爲跟許俊成定好時間了，周宣今天早上起得頗早。又因爲晚上睡得早，精神好，劉嫂早就準備好了早餐。

吃過早餐，周宣瞧了瞧時間，才八點過十分。傅盈把水果盤拿過來，瞧著他道：「今天我跟你一起去走走好嗎？在家裏待久了好悶！」

周宣瞧了瞧左右沒人，妹妹周瑩和老媽都在餐廳裏幫忙收拾，伸手便捏了捏傅盈的臉蛋，笑道：「盈盈，想老公了？」

那麼湊巧，老娘金秀梅正好走到餐廳裏來，笑呵呵道：「別在老媽面前打情罵俏的，要來就來真格的，趕緊給咱周家添個大胖孫子！」

傅盈臉緋紅著捂著跑出去了，周宣一攤手道：「媽，你看，又不是不知道盈盈害羞，跑了吧！」

金秀梅滿不在乎道：「跑什麼跑，習慣了就啥事也沒有，女人家嘛，都是要結婚生子的，趕緊去吧，跟老婆多說點甜言蜜語，媽這幾天就找人看日子！」

周宣笑呵呵地走了出去，辦就辦吧，自己也想，說實在的。

到了門外，卻見李為斜靠在他那輛吉普車上呆呆望著傅盈，見周宣一出來就問道：

「宣哥，這個是……」

「是我老婆！」周宣隨口答著。

李為一拍大腿，恍然大悟道：

「難怪，難怪宣哥你對上官明月不怎麼感興趣了，原來家裏頭藏了個仙女啊！」

傅盈剛剛出來時，見李為呆呆瞧著她，正有些惱怒，又聽到他說的話，當即臉一沉問道：「上官明月是誰？」

第一〇六章

無價之寶

幾個老師傅都在估計著價值，
這樣一塊翡翠在他們看來，這一生中也許碰不到一次，
但今天竟然隨便就解出了四塊翡翠，而且塊塊都這麼好。
按照水頭和顏色來論，這四塊都是無價之寶，
是翡翠中最好的特級品！

周宣一愣，本來沒什麼，但現在這個樣子，卻好像他跟上官明月有什麼瓜葛了，趕緊對著李爲說道：「李老三，給我老實點，上官明月是你的女朋友，跟我有什麼關係了？」

李爲一怔，隨即知道惹了事，趕緊連連點頭道：「嫂子，是的是的，明月是我女朋友，因爲平時自以爲長得很漂亮，很臭屁，昨天聽宣哥說，嫂子比她漂亮得多，所以不服氣。我也不服氣，但剛才見到嫂子後，我也服氣了！」

傅盈聽李爲一陣東拉西扯的，又好氣又好笑，但剛剛在意的事卻也丟了開去，因爲她相信周宣不可能再去喜歡別的女孩子，要不就不會對曉晴那樣了。

李爲很機靈，趕緊把後車門拉開，說道：「宣哥，嫂子，請上車！」

傅盈想了想，還是上了車，那輛布加迪威龍太招人眼了，現在總是想低調一些，規規矩矩做個周宣的老婆就好了。

周宣上車坐在傅盈身邊，然後關上了車門，等到李爲把車開出了宏城花園才問道：「李爲，你來得還真早！」

李爲笑嘻嘻地道：「宣哥，你的話比通行證還管用，我回去跟爺爺一說，爺爺跟我老子竟然都是難得的一口應允，說是只要我跟你在一起，就不禁我的足，隨便怎麼玩都可以，你說是不是好事，剛給他們關了一星期，悶都悶死了！」

周宣笑了笑，對傅盈介紹道：

「盈盈，這小子叫李為，是在洪哥家見到的那位李老的孫子，他老子就是上次派了兩個警衛來，跟著我到雲南的那個李雷，李副司令官，標準的一個花花公子，紈褲弟子！」

李為頓時哭喪著臉道：「宣哥，你對我的印象就那麼差嗎？」

「你以為呢？」周宣毫不客氣地說著。對李為，他絕對是毫不留情，可不能漲他的囂張氣焰。

「算了，我認了，誰讓你是搭救我出苦海的觀世音活菩薩呢！」李為嘆著氣回答著，一邊又問道：「現在往哪兒去？」

「西郊。」周宣指了指方向，解石廠那邊很偏僻，開輛軍用吉普也好，那輛布加迪威龍跑一回就髒得鼻子眼睛都看不出來了，著實有些心痛。

「周宣，」傅盈忽然說著，「等回來後，我們到車市瞧瞧，再買輛車吧，買輛普通一點的車方便些，再給弟弟妹妹爸爸都買輛車。」

周宣擦了擦額頭的汗水，苦笑道：「盈盈，弟弟妹妹跟爸爸都不會開車，你買它幹什麼啊？」

傅盈笑吟吟道：「不會就學啊，你看，現在弟弟妹妹都那麼忙，有個車方便得多，再說，又不是缺那個錢！」

「那也行，趕明兒我也去報個駕駛班，拿個駕照，自己也買輛車！」周宣想想也是，以自己現在這個身家，買車的確不是難事，不買車才是怪事。

李爲在前邊扭頭笑了笑，隨即說道：「宣哥，你要拿駕照？這事包在我身上，馬上幫你弄出來。」

周宣直是搖頭：「李老三，你那不是自欺欺人嗎？何況，也是對自己的生命不負責，駕駛技術學好點，這個可糊弄不得！」

李爲搖搖頭：「宣哥，你錯了，我不是說不讓你學，我只是說幫你拿駕照，不需要走那些煩瑣的手續，學開車很容易，讓我老子部隊裏的一級駕駛員過來教你就行，人車都是現成的！」

這倒是說得過去，不過周宣不想去麻煩他老子，到駕訓班報個名，練習一兩個月也沒什麼問題，這些都是小事，雞毛蒜皮的事也要找人家，肯定是不好的。

到解石廠還只有八點半，門衛不認識李爲，探頭出來問：「幹什麼的？」

周宣從後邊車窗裏伸出頭來，朝他擺了擺手。那門衛當然認識周宣，當即堆著笑臉跑出來打開大門，等到李爲把車開進去後又關上大門。

周瑩比周宣還來得早一步，因爲知道周宣今天早上要過來，所以周濤和趙老二以及陳師傅叔侄都早早起來了，還有三名陳師傅叫過來的老經驗解石師傅。

周濤又把鎖毛料的那間廠房門打開，周宣進去瞧了瞧，拉回來的幾大車毛料都好好地堆在廠房裏，瞧了瞧時間，還有半小時才到九點，想了想，便挑了四塊毛料。

這四塊都是裏面擁有玻璃地最好翡翠的毛料，在雲南運回來的毛料中，玻璃地老種的翡翠料就有七八塊之多，冰種水種多不勝數，再次一些的也是清水池，還有幾塊紫羅蘭種，其中還有一塊紅翡種。

按照以前周宣賭中的那幾塊翡翠賣掉的價格，他這幾大車毛料解完後，得到的翡翠至少要超過五億的價值，當然，這只是解出來的料價，如果雕刻成了成品，那價錢最少就要翻一倍，這是最保守的估計。

因爲周宣對玉器的買賣價格並不懂，所以確切的價值他也不肯定，但幾億的底價他還是敢肯定的。賺錢對於周宣來說，的確不是一件困難的事。

老陳師傅上前向周宣又介紹了另外幾個人：

「小周老闆，這幾個都是我之前的同事，不過不是這個工廠的，技術只比我好不比我差，但在北方，解石的工作都不好找，如今都賦閒在家裏，我一個電話便過來了！」

周宣笑呵呵地跟這三個老人熱情地握了握手，一一問了好，說道：

「有陳師傅的保證，技術的事我就不問了，就直接說重點吧，薪水是四千底薪加提成，三位師傅有意見沒有？」

周宣給這個底薪是有用意的，他讓老陳師傅來管解石這一塊，管理者的薪水當然得比其他師傅要多一些，老陳師傅的底薪是五千，比其他師傅多了一千塊。

雖然暫時還不敢肯定周宣這個工廠的生意如何，但周宣給出的四千底薪對他們幾個老頭子來說都不低了，提成就不敢想，因爲這是要看生意的好壞的，誰知道以後生意怎麼樣呢。從老陳這個工廠就知道，在北方搞解石賭石的，基本上都沒能做長久的，不過有四千的底薪拿，賺一個算一個吧。再說，老陳又跟他們掛保證了，按月結薪，幹不下去就走人吧，反正也不吃什麼虧。

周宣叫弟弟幫他拿了一枝簽字筆，然後拿筆在剛剛他挑出來的四塊毛料上畫了幾筆，又對老陳師傅幾個人說道：「老陳師傅，我想今天你們就可以正式開工了，就先解我挑出來的這幾塊毛料吧。」

剛好他們四個老頭一人一塊，當然，這也是周宣專門按他們的人數挑出來的，一人一塊，四個人都開始解石。

這間廠房裏置放了五台解石機器，四個人動手，還剩了一台，老陳師傅的侄子陳二毛技術還不成熟，不能單獨解石，只能打打下手幫幫忙。

四個老師傅都是經驗很老到的，但見周宣畫了那幾條線，有的合理，有的卻不太合理，但周宣是老闆，他要怎麼樣解那也由得他。

幾個師傅調好位置，把機器輪口對好周宣畫的線後，開動機器切了下去。

李爲和周瑩都是第一次見到解石，很新奇，很有興趣地瞧著。

傅盈以前在深圳見過解石，但依然有種很刺激的感覺，雖然她沒參與賭石，但她知道，周宣拉回來的這些毛料肯定都是有翡翠的，因爲她知道周宣的能力。

不過瞧著這成噸成噸的毛料石塊，傅盈心裏也不禁咋舌，如果這些石塊裏都有翡翠，那以自己當初買周宣那塊翡翠的價格來計算，這十多噸毛料裏的翡翠得值多少錢啊？

就算以她們傅家的財富能力也想像不出，周宣的賺錢速度有多麼驚人！

當然，傅盈是估計不到的，周宣這一批毛料解出來，價值雖然驚人，但最好的玻璃地種的極品翡翡卻只有幾塊，其他的都略差了一些。當然，也只是比玻璃種的次一些，其價值依然是不低的。

老陳師傅的三個朋友，一個是他的同族堂弟，當然也姓陳，另兩個，一個姓鄭，一個姓王。四個人四塊毛料同時開切。

按照周宣畫的第一條切口線，切下去第一刀後，幾個老師傅把切口面吹乾淨後，灰灰白白的，沒有一丁點的綠出現。

說實話，這一大廠房的毛料，按他們幾個老師傅的眼光來看，都不是好料，因爲都是外表不看好的料，像專門賭石的商人，進這麼一大批毛料回來，如果其中能切出一塊稍微像樣的翡翠來，那就算賭漲了。而像周宣這些毛料，沒有半塊是看起來有綠的，老陳師傅心裏也是七上八下的。

這麼多貨，他們算是有了工作，但老闆不賺錢，那是什麼活兒也幹不長久，所以對他們來說，都是希望老闆能賺錢的。再說，周宣看起來也不小氣，老闆能賺到大錢，當然就不會對他們有所吝嗇。

這第一刀切完後，四個人檢查了切面，無不是心裏直搖頭，當然，表面上都是極力平淡些，不表露出來，免得周宣心涼，賭石的人是最不喜歡旁人說不吉利的話的。

但周宣卻始終是微笑著不說話，既不驚詫也不懊悔，表情平淡，有種泰山崩於前也不爲所動的淡定。

這時候，門衛跑進來向周宣彙報道：「老闆，有個說是姓許的人來找您，說是約好的。」

周宣笑笑點頭道：「快請他進來，是許老闆到了！」

這個門衛是新請的，不認識之前的老闆許俊成。幾分鐘後，許俊成在門衛的帶領下來到了廠房裏。

許俊成瞧這個架勢，這些毛料可比他以往賭的量還大得多，心裏吃了一驚，一時搞不清周宣到底有多少家底，有多少關係，但見李爲依然規規矩矩站在邊上瞧解石，心裏倒是更確定了周宣這個人身分絕不會比李爲低，否則有「拼命三郎」之稱的李爲，絕不會對周宣這麼規矩有禮貌。

周宣對許俊成說道：「許先生，你看是等一會兒，還是現在就到辦公室那邊去？」

許俊成有心想勸一下周宣，像這樣子賭石，有多少家產也會賭個精光的。他自己就是前車之鑑，因爲昨天周宣對他善意的舉動，他希望周宣別像他一樣，也落個悲慘下場。

許俊成本人的能力是毋庸置疑的，尤其是對珠寶行業的眼光，魄力也是極爲出色的，如果不是敗在了賭石上面，那他依然是在京城數一數二的珠寶大商人之一。

想了想，許俊成決定還是拿現實狀況來勸一勸周宣，就說道：

「周先生，反正我也不趕時間，就瞧瞧你這正在解的幾塊毛料吧。」

「呵呵，也好，一起來瞧瞧！」

周宣倒不是想瞧是不是真有翡翠，這個結果他是早已經知道了的，他只是想在解出翡翠來之後，讓老陳師傅幾個人安心實意地在這兒做下去。

其實要說價值，他們四個人解的這四塊毛料，解出來的翡翠就夠他們真正解石一年的業績，因爲這四塊毛料裏含的翡翠都是最好的品質，在現在越來越稀少的玉礦中，也許十年八年都難以解出這麼一塊極品玉來。

許俊成瞧了瞧這一廠房裏堆得嚇人的毛料，毛料的色澤和外形都不入眼，實在看不下去，這根本就是瞎扔錢，忍不住又嘆了口氣。

老陳師傅四個人這時按著周宣畫的第二條線切了下去，四台切割機響起來，那聲音極其刺耳。

四個老師傅的手法很熟練，手勢既穩且沉，沒有一絲顫動，砂輪切下底後，時間不過十多秒鐘，然後關了電源。

四個人等砂輪停止了轉動後，都是拿手先抹了一下切口面，準備擦乾淨後瞧一瞧，但就那麼擦拭了一下，隨即就都呆住了，然後驚喜地叫道：

「出綠了……出綠了……」

這個聲音此起彼伏，四個老師傅都各自叫了起來。

許俊成也是一驚，心裏倒是有些不信，因爲一開始進來時，他就瞧了正在解著的這四塊毛料，其外面表層顏色跟那些堆著的沒多大區別，都是排不上號、瞧不上眼的毛料，如果拍賣，那只能是以老坑的品項成噸賣，價位很低，可遠遠及不上有綠的毛料單個的價錢了。

許俊成湊了過頭去，首先看到的是王師傅切的那一塊，切面上確實出綠了，而且綠意如蔥如柳，著實誘人，而現出的這一汪綠色面上，好像是潑了一盆水一般，瑩瑩欲滴，這個水頭，也是極為充足的。

就衝這個切面的綠，這塊石頭就能賣上數百萬的高價了。許俊成再瞧瞧老陳師傅、鄭師傅，其他三個人的切口面很相仿，而且綠的面積更大一些。

許俊成不禁呆了！

難道真有運氣這麼好的人？看周宣的樣子，好像是隨便撿了四塊毛料出來解開，然後就四塊都出綠了，而且全是水頭好顏色好的綠，這可以說真的比中彩票大獎都難，能解出一塊這樣的料出來，那已經是賭石玩家可能一生都遇不到一次的，但周宣卻能連出四塊！

就一塊現在這個樣子的毛料拿出去拍賣的話，最少不低於五百萬，這四塊一起能賣上兩千萬！

以前許俊成運氣好的時候，也曾碰到過一次這樣的好東西，那次，他切出了一塊，做了三個鐲子、六個戒指的極品翡翠面料，做成成品後，一次就賺了一億，而那次賭石花的本錢只有三百萬。

也就是那一次，把許俊成的生意推上了一個新臺階，但也是那一次，讓許俊成推向了賭石的欲望地獄！

幾個老師傅和許俊成都呆住了，這的確是意料不到的情況發生了，確實想都沒有想到，就算有那樣的想法，也是想著可能出一塊吧，那也是運氣好到了極點。

因爲瞧周宣好像就是隨便挑了四塊毛料出來讓他們解的，而且像這樣的廠房裏還堆了幾百塊，就算運氣再好，也沒有理由一次亂挑四塊卻塊塊都有翡翠，而且這個顏色、這個水頭又這麼好！

老陳師傅呆了片刻，隨即笑呵呵地向周宣恭喜道：

「小周老闆，都說好人好運氣，好人有好報，你的心腸這麼好，這不，馬上就得到老天爺的回報了，想都想不到啊，四塊毛料都出了這麼好成色的綠來，我看，可以找一些珠寶商來拍賣這四塊毛料了，就這四塊，想必就能賺個兩千萬以上了！」

許俊成也是這麼想的，賭石的人最好是見好就收，在有可能得到更高價值時，也有可能又暴跌到一文不值。賭石的驚險刺激就在於這裏！

李爲也是奇道：「師傅，就這麼四塊破石頭就值兩千萬？」

「破石頭？」老陳師傅沒好氣道，隨即抬起頭瞧了瞧這個愣頭青，哼哼著說：「瞎嚷嚷什麼！」

李爲頓時就想破口大罵，但見周宣朝他一瞪眼，趕緊把髒話吞進了肚子裏。周宣見四個師傅和許俊成都望著他，眼神裏都是那種見好就收的表情。

周宣擺擺手，淡淡笑道：「老陳師傅，你們再繼續切，我實話告訴你們吧，這些毛料我都要解出來，解出來的翡翠，全部由我們自己加工，我已經在請技藝高超的雕刻師傅了。」

周宣的意思很明白，他就是要組成一條龍似的翡翠加工企業，從採購到解石到成品，再到最後銷售，不過，這些都需要極爲龐大的財力和物力。

周宣之所以想這麼做，那完全是因冰氣異能的迅猛精進，自己的能力越來越強的原因，對於別人來說，賭石是個拿命和身價來博彩的事，但對他來說，就跟吃飯一樣簡單。

許俊成張了張嘴，想勸勸周宣，但從周宣的眼神裏又瞧出周宣絕不會爲他們所動，想說的話也就吞回了肚裏。

周宣賭性比他只有更大，就衝著這四塊切出的好成色毛料，周宣不僅不見好就收，而且還要繼續切下去，這可不是一般賭徒能比的！

「繼續再切吧！」周宣再吩咐著，老陳和另外三名師傅似乎都不願意再解下去，對他們的好意周宣明白，但真正的底細他們又怎麼會知道呢？

老陳師傅嘆嘆氣，看來周宣已經下了決心，多說無益，便向另外三人點點頭，四個人又開始從石塊另外的方向切起來，等到另外幾面全切到綠出現的時候，就開始擦石了。

另外幾面也都有周宣畫的線條，有深有淺。周宣在每一面畫線條的時候，都畫了兩到三條，離玉的距離太遠的話，就畫了三條，近的話就畫兩條，這樣，即使切出翡翠，現出綠來，那也不會引起老陳師傅幾個人太多的猜測，但無疑會讓陳師傅幾個人對他更加恭敬，因爲周宣表露出來的眼力和經驗，已經遠遠超過了他們幾個。這個社會，要讓別人對你敬重，那你就得比他們更強。

老陳師傅四個人再度切石後，有的三刀，有的兩刀，結果又都現出了讓人欣喜的綠來。這個時候，老陳四個人和許俊成幾個人對周宣的冷靜都是無比的佩服！

幾乎百分之九十九的人都會選擇見好就收，因爲就是一面現出來的綠，就已經能發一大筆財了，兩千萬對於一個普通人來說，已經是天文數字的財富，傾其一生的力量恐怕也賺不了那麼多的錢！

但周宣就是不爲所動，仍然要繼續切下去，能這樣做，一是周宣有經驗和技術，眼力達到了非常厲害的程度，比所謂的專家高手們高明得多，二來，他是個瘋狂的賭徒，瘋狂的賭徒尋求的就是極端的刺激。

不過，從周宣表露出來的神情來看，老陳幾個人都覺得，周宣完全是個深藏不露的高手。

許俊成也深深被四塊毛料切出來的綠吸引住了，早忘了他來這裏是要跟周宣商量賣掉這個廠房的事。

沿著周宣畫的線條，四個師傅很精準就切到了綠出現的位置，一點也沒有損傷到玉石的完整性，而且時間也減少了許多，彷彿周宣能用肉眼就瞧見裏面的翡翠一樣，不過周宣畫的線條，第一刀一般都是空的，有的還要空幾刀，但最後的那一條線卻是極為準確，這也讓老陳師傅幾個人大為佩服，就憑這一手眼力，周宣就要比他們強！

大約是一個小時後，四塊毛料外表的石層基本上都被切除掉了，剩下翡翠核心，要用細砂輪進行擦石了，但就這個樣子，已經很能表現出這四塊料的價值了。

幾個老師傅都在估計著價值，這樣一塊翡翠在他們看來，這一生中也許碰不到一次，但今天真是邪門了，竟然隨便就解出了四塊翡翠，而且塊塊都這麼好。按照水頭和顏色來論，這四塊都是無價之寶，是翡翠中最好的特級品！

許俊成是做珠寶翡翠玉件起家的，對這個東西，他閉著眼也熟，一見到這四塊寶石級的翡翠，眼裏便放出光來，心裏馬上就在計算著，一塊能做出多少個鐲子，剩下的又能做多少個戒指。

初步估計了一下，像這個成色的翡翠面料做出來的物件，這四塊翡翠的成品總價應該超過了兩億，即使是原石料的價錢，應該也不低於一億，如果拿到拍賣場，得到的價錢只會更高！

就這麼一兩個小時的時間，這四塊石料的價值就和之前切出一面現綠時的價值，完全是兩個不同的概念了，雖然都是賭漲了，但兩千萬和一億，你會怎麼選？

當然，只要不是傻子，都會選一億，但又有誰會有周宣這個膽量？或許另一面切出來，切到底也沒有緣，結果就是空歡喜一場，兩千萬就變成了一文不值，這個結果是一般人不能承受的！

許俊成愣了一陣，然後才羨慕地喃喃念道：

「周先生，你的運氣，我不知道應該怎麼說，你是我遇見過最有運氣的人，像你這樣的運氣，我就沒見過，都說十賭九輸，甚至更多的是十賭十輸，但你卻偏偏是賭了個百發百中！」

周宣笑笑道：「許老闆，說實話，賭石的話，確實是十賭九輸，我之所以賭中，是因爲我跟人家學過，對翡翠毛料的研究很多，這是一項絕技，我可是費了一番功夫才學到的，不過我也知道，久賭必輸，所以賭贏幾次後，我就準備收手了！」

許俊成和老陳師傅等幾個人都是驚呆了，好半晌還在尋思，這樣的絕技，這樣的眼力，要真能學到，那是花再多的金錢，花再多的精力，那也都是值得的啊！

不過，周宣最後一句也提醒了他們，賭石，永遠是賭，久賭是必輸的！

老陳師傅怔了一會兒，忽然驚訝地問道：

「小周老闆，剛剛聽你說你對毛料的辨認很深，那就是說，你運回來的這些毛料都是經過你仔細辨認過的？每塊都是？」

周宣笑笑點頭，然後說道：「老陳師傅，你現在應該明白我要你招人手的原因了吧？呵呵，你要是覺得還有疑惑，就再挑一塊毛料解出來看看，不過，我當然也不能保證百分之百，只是用經驗來挑選的。」

老陳怔了怔，雖然剛剛被周宣的運氣驚到了，但還是不相信周宣這一整間廠房的毛料裏面都有翡翠，這可是多達數百上千塊的毛料啊，如果裏面真有翡翠，這是一個什麼情形啊？就算是最大的玉石批發商，恐怕也沒有這麼多高水準的翡翠原石，這可是第一次而已，通常在雲南騰衝和瑞麗這幾大毛料集散地中，一次也不能弄到出這麼多翡翠來的毛料吧？

他們當然都不知道，周宣幾乎就是將騰衝有玉的毛料都挑走了，而剩下的，都沒有什麼好料了。

像那些表層有綠、單賣價格比較高的，周宣都沒有挑，因爲與裏面能出的玉相比，賺不到較高的利潤，他都不想要。

周宣還有一個鐵的證明，那就是能出最好的翡翠的毛料，外面表層幾乎都是不被看好，甚至絕大多數都是表層沒有任何被看好的顏色和紋路。

老陳師傅搖了搖頭，幾乎是不能相信地到毛料中去翻看了一遍，故意挑了一塊比較小的，顏色灰白，表層光滑，按照賭石理論來講，是最不可能出玉的一種。

這塊毛料大約一個小西瓜般大，重量大約三十多斤，在所有毛料中算是最小的了。老陳師傅把毛料搬到解石臺上，其他三個師傅和許俊成都上前仔細瞧了瞧。

老陳師傅瞧了瞧周宣，問道：

「小周老闆，你再看看這塊毛料，要怎麼切？」

周宣叫弟弟周濤把簽字筆又拿過來，用冰氣測了測裏面翡翠的形狀，然後就用筆劃了幾條線，石頭個兒小，基本上是兩分一線。

老陳師傅瞧了瞧，然後將石頭定了位，開通電源，第一刀切下後，毛料沒有出綠。

當然，老陳不會就認為這塊毛料廢了，也不會認為毛料裏就真有玉，然後再隔了兩分距離，沿著第二條線切下去，因為太薄，砂輪切掉的石片碎裂成塊散落下來。

這時候，所有人的視線就都盯著切口處，許俊成尤其緊張，在老陳挪開砂輪片後，許俊成眼裏就映入了一片綠色，不由得大叫道：

「又出綠了……又出綠了！」

第一〇七章

紫羅蘭翡

老陳師傅挪開輪片後這才仔細瞧著，切口處果然又出綠了！
陳師傅叫了一聲後再仔細看，
這才發現其實這片顏色並不是純粹的綠，而是紫色！
周宣早就知道，這是一塊紫羅蘭翡翠，
翡翠上的顏色是白裏透紫。

老陳師傅挪開輪片後這才仔細瞧著，切口處果然又出綠了！有巴掌大一片，其實這片顏色並不是純粹的綠，而是紫色！

周宣早就知道，這是一塊紫羅蘭翡翠，翡翠上的顏色是白裏透紫，有一層茄色，但紫色比較淡。不過，從現在的切口處還瞧不出它的本來面目，只是切口面上露出了一塊巴掌大的淡紫色。

許俊成一開始是緊盯著，想知道這塊毛料是不是真的再會出玉，並沒有注意到是什麼顏色，陳師傅叫了一聲後再仔細看，這才發現是紫色。

怔了怔，許俊成才道：「咦，這是紫色，是紫羅蘭種翡翠！」

倒真是塊塊出翡翠，不管是出了哪一種，這就證明周宣確實有辨識毛料的方法！

在後面觀看的人中，只有傅盈不感覺到奇怪，因為周宣的能力她知道，探測毛料，找出翡翠，這些對他來說只是小菜一碟。如果讓他們見到周宣殺海盜，轉化怪獸，醫治絕症那些場景時，恐怕他們眼珠子都要驚掉出來！

周瑩和周濤兩兄妹這才知道哥哥要他們緊盯著這些毛料的用意，當初只是單純聽周宣的話，現在知道了，原來這些毛料裏面真的有玉，雖然不知道到底值多少錢，但肯定是值錢的東西。

趙老二就有些發呆了，他可是明白，因為他和周宣在雲南騰衝就一人賭中了一塊，那玉的成色跟剛剛解出的那四塊差不多，周宣那塊賣了三千多萬，而自己那塊則賣了兩千多萬，這兒卻有四塊，那得又值多少錢？

而且更驚人的是，這廠房裏還有上千塊毛料，趙老二可清楚，這都是周宣在上面畫了油漆挑選出來的，按照現在這個勢態，難道還真是塊塊有玉？這也太嚇人了！

在騰衝的時候，趙老二一直以爲周宣是胡亂挑的毛料，但現在看來，完全不是那麼回事，如果其中只有一部分出玉，那也不得了了，而現在竟然是塊塊都有玉，看來周宣是真的有一手挑毛料的絕招！

許俊成愣了好一會兒，然後才道：

「紫羅蘭種並不是很常見，很稀少，但並不表示它比玻璃種還貴重，在行內，對紫羅蘭種稱之爲春，像紫羅蘭花的紫顏色，在中國古代，紫色是道教和帝王崇拜的顏色，像『紫氣東來』、『紫衣綬帶』就是紫色地位的寫照。紫羅蘭種一般分爲粉紫、茄紫、藍紫等。粉紫質地比較細，透明度好一些的很難得。茄紫較次，而藍紫一般質地較粗，也可以稱爲紫豆。紫羅蘭又有紫春與紅春之分，紅春價值較高，紫春略低。紫羅蘭種雖然並不是翡翠中的極品，但卻是翡翠商和收藏家們願意珍藏的品種。」

周宣對紫羅蘭種和紅翡並不熟，以前也沒見過，這次也只不過是用冰氣探測到，提前知道了，但實際價值他並不明白，但反正是不要花大本錢的，裏面有玉的，他都會買下來。

許俊成卻是個行家了，一塊玉，基本上他只要一眼，便能初步估計出來，能做多少件，最適合做什麼，然後賣價大概是多少。

當然，這塊紫色的毛料具體值多少錢，許俊成暫時也不敢肯定，因爲老陳師傅還沒有解出來，只是目前這一刀切出了顏色而已，就以目前這個淡紫色的切面，這塊毛料能值一百萬到兩百萬之間，因爲紫羅蘭種的翡翠也是要分色彩和飽和度的，到底是什麼級別的質地，那得等到全部解出來才知道。

而且這只是切出了色，出了色通常只表示裏面出翡翠的可能性增大了些而已，並不代表裏面就肯定有翡翠了。

李爲是在現場中最不懂的一個人，聽許俊成介紹了一番，不由得讚道：「老許，你懂得還不少啊，啥時候抽個空跟你學學！」

李爲是見到周宣專門搞了這麼一個解石廠房，估計他是愛好翡翠玉石這一行，所以倒是真想找許俊成學一學，至少在周宣面前不會顯得那麼白癡。在他看來，在場的所有人中，最懂玉的就是許俊成了。

許俊成苦笑道：「三哥要學，我當然是傾囊相授了，不過，你學這個沒什麼意思，你又不需要打拼，又不用擔心生活來源，哪像得我這樣呢！」

老陳師傅見周宣沒有表態說不切了，猜測周宣仍然是要完全解出來，開始那四塊毛料切出綠來後，值兩千萬的時候他都不準備出手，現在這塊紫色毛料估計也就一兩百萬，周宣不賣也很正常。

再沿著另一面的線條往下切，這塊毛料個頭又小，切起來很快，而這時候，老陳師傅對周宣的眼力著實佩服得不得了！

還是要靠實力說話啊，這個時候，已經沒有人對周宣再產生懷疑了，而更多的是期待了，不知道這廠房中上千塊的毛料能解出多少價值的翡翠來，但不可否認的是，就以目前所解出的幾塊翡翠，都是讓普通人努力一輩子都無法賺得到的巨額財富。

第二面只切了兩刀又出現了淡紫色，接著第三面花了三刀出現紫色，第四面又只兩刀。

老陳師傅邊切邊嘆，果然這個年輕的小周老闆不是普通人，看來以前對他的想法都是錯誤的，他並不是個胡亂好賭，而是有計劃又極有技術的聰明人。

這塊紫色毛料的解石過程中，切一面出來價值又不同，緊接著切到了最後一面出紫色時，價格便已經成倍向上翻了。

許俊成一雙眼睛瞪得大大的，大氣也不敢出一口，緊緊盯著老陳師傅小心擦石，等到擦出一塊直徑大約二十釐米左右的圓球形模樣的紫色翡翠來時，嘴已張成半圓形合不攏來。

老陳師傅和另外三個師傅對紫羅蘭種也只是見過，但紫羅蘭種比較稀少，尋常並不多見，而在他們的解石生涯中，卻是從來都沒解出來過，所以對這塊紫羅蘭種並不熟悉。

許俊成把顫抖的手定了定，然後說道：「陳師傅，你把這塊翡翠拿給我瞧瞧！」老陳師傅遞過來，許俊成小心接過來後，捧在手心中仔細瞧了起來。

許俊成瞇著眼睛越看越是驚訝，然後瞧了瞧周宣，說道：

「周老闆，這是紫翠中色澤最好的『皇家紫』！」

這個周宣就真不知道了，冰氣是早就清楚探測到了這塊紫羅蘭的翡翠，而且毛料中還有一塊紅色的翡翠，但以之前所得到的那種極品的翡翠來說，周宣認爲紫翠和紅翡的價值就要便宜些，所以也不十分在意，加之買毛料的價格又低，也就順便買了來。

不過周宣聽到「皇家紫」這個名字時，便知道不會太差。

「呵呵，這個我不是很懂，你說說看！」周宣笑了笑，然後對許俊成說著。

他這話，在許俊成和老陳師傅幾個人看來，都是謙虛話，能以這種驚人的效率賭石的人，又豈能是不懂玉的人？估計是想聽許俊成先說說看法吧。

許俊成也不客氣，說實話，他也客氣不起來了，滿心都是激動，看別人發大財，除了眼紅，還有激動，雖然不是自己的，這跟買彩票一樣，如果有一個人中了幾億大獎，那至少會有十天半個月能讓全國人民都轟動起來，無不津津樂道談論這個幸運兒。

但買彩中獎的人，始終對大眾是一個虛幻的影子，而不像就在自己面前的周宣，這可是個活生生在自己面前的人啊！

「紫色翡翠又稱爲紫翠，顏色稱爲春色、春花等等！」許俊成嘆了嘆，忍不住表現出對周宣的羨慕，然後接著道：「紫色濃豔高雅，藍紫清淡秀美，紅紫莊重富麗，都是獨具特色，市場上根據紫色翡翠的色彩和飽和度，將紫色翡翠分爲了五種，這五種分別是皇家紫、紅紫、藍紫、紫羅蘭、粉紫！」

許俊成說到這兒，然後又扳著手指頭道：

「粉紫色是一種較淺的紫色，可以有偏紅或藍的感覺，但達不到紅紫和藍紫的水準，雖然紫仍然很明顯，但飽和度比較低，如果說商業價值的話，粉紫是最低的。紫羅蘭就是商業翡翠中最常見的了，紫色從中等深度到淺色，這種紫色常常出現在一些質地粗的翡翠中，有時也會和綠色一起出現，這種又叫做『春帶彩』，是紫羅蘭翡翠的標準色！而藍紫是一種偏向藍色的紫色，它的飽和度變化較大，從淺藍到深藍紫都可以見到，是紫色翡翠中比較常見的類型，在行話中稱爲『茄紫』，有茄子的顏色，飽和度高，顏色常有灰藍色的感覺，亮度一般比其他類型要低一些。」

周宣和在場的十來個人都聽得津津有味，而許俊成見他們聽得有勁，也就更加說得有勁了。

「說了三種了，第四種紅紫是一種偏向薊紅色的紫色，它的顏色飽和度通常是中等，但很少見飽和度很高的類型，不過在紫色翡翠中也不算常見，價值頗高。」

李爲聽得有興趣，但瞧著許俊成手中的紫翡翠，又問道：

「說了這麼多，你還沒說，現在切出來的這塊翡翠是什麼種類，值多少錢啊？」

李爲問得十分直接，卻也是大部分人想問的問題。

許俊成訕訕笑道：「三哥，你別急，待我慢慢說來。」

聽著四十多歲的許俊成叫二十來歲的李爲「三哥」，一群人都有些好笑，但周宣倒是明白，現在這個社會，有能力或者身分出眾者，是要比別人高出一等的。

許俊成緊接著說道：「紫翡翠的第五種就是皇家紫了，這種紫色極爲濃豔純正，飽和度也很高，但高度只有中等，這種色澤一看，就有一種富貴逼人，雍容大度的美感。不過，這種紫色實際上極爲罕見，跟綠翡翠中的極品玻璃地種一樣，只屬於理論上，在紫色翡翠中那也是萬裡挑一，價值不可估量的！」

說到這兒，許俊成又將手中的紫翡翠捧高了些，對眾人說道：

「你們看，這一塊就是皇家紫！」

眾人聽他說了半天，最後才聽到他說出這塊是「皇家紫」來，不禁又都湊攏了些。

許俊成嘆道：「說實話，皇家紫的飾品，我還是三年前在香港周氏珠寶展上見過一塊觀音像的飾品，標價是一千七百萬港元，而那個觀音像還只有一點五寸的高度。大家再瞧瞧我手中這塊皇家紫的個頭，這可是直徑差不多二十公分啊，就是鐲子也能打六七副，戒指面料無數。我估計，單單就是這塊皇家紫原石面料，價值就超過八千萬人民幣，加工成成品後，其價值最少翻一番！」

「八千萬！」李爲不禁瞠目結舌，「我的天！」

傅盈是知道周宣的能力的，雖然心裡有底，但還是被切出來的這些財富驚到了。像這樣的賺錢速度，那是極恐怖的，她們家都是幾輩人的拼搏才積攢下來的財富，雖然遠比周宣多，但以周宣這種驚人的賺錢速度，很難想像以後會發展到什麼程度。

再說了，她們家幹的都是實業，而周宣就是無本生意，出的本錢極少，但賺的錢卻又是極爲驚人。因爲他所依靠的是異能，這也是其他人不可能擁有的。

周宣自己也有些意外，本以爲這塊紫色的和另外一塊紅色翡翠不值什麼錢，但因爲毛料外表太差，沒有顏色，所以不用費什麼本錢就買了下來，卻不曾想無心插柳之下，卻是又撞到了大運。

周宣對財富確實沒有刺激感了，但能弄到值錢的總是心喜一些，想了想，心裏一動，就又想問一問許俊成，紅色的翡翠又是什麼價錢，如果跟這塊皇家紫一樣，那就不得了，今天解出來的這幾塊翡翠價值就超過兩億了！

這廠房中還有上千塊呢，雖說絕大多數品質要比這幾塊差些，但極品的玻璃地也還有四塊，全部解出來後，總價值按理說應該也會超過五億吧，不知道古玩店消不消耗得了這麼大的量！

周宣還沒有問那個紅翡的事，許俊成喘了幾口粗氣，忽然拉了周宣低聲道：

「周……周老闆，可不可以到靜一點的地方，跟你單獨談一談？」

周宣見他神情激動，也不知道他激動什麼，這些翡翠再值錢，又不是他的，他激動個什麼？難道是見到解出了這麼好的翡翠來，又要把這個工廠的售價提高了？

疑惑歸疑惑，在沒說出來之前，那都不是事實。

周宣笑了笑，向傅盈招了招手，又跟眾人說道：

「老陳師傅，你們繼續解石吧，今天就算正式工作了，反正解出來的翡翠都會按照實際價值給你們一定的獎金！」

「好！」老陳師傅首先拍了拍手，幹勁十足，開始的疑惑猶豫早拋得一乾二淨，就衝今天解出來的這五塊綠紫翡翠，周宣最少會給他們提成幾萬塊，而且廠房中還有那麼多的毛料，以他們四個人，最少要幹上幾個月，如果要全部細工擦出來，當然，要講這些毛料裏面如果全部有玉的話，那得幹上一年！

周濤、周瑩、趙老二幾個人呆呆瞧著幾個老師傅再細緻地擦石，以前他們對這個是半點都不懂，但在巨大的財富面前，大家興趣自然就高漲了起來。

周宣招了傅盈一起，帶著許俊成走出廠房。

這兒是許俊成的老窩，他比周宣還要熟，走出來便加快了腳步，反而是他領著周宣兩個人到了前邊的辦公室。

辦公室是兩層樓的小洋房，在底下一層，許俊成進了房間裏，趕緊拉了椅子請周宣和傅盈坐下。

周宣先向許俊成介紹了傅盈：「許老闆，這個是我的未婚妻，傅盈！」

許俊成點了點頭，說道：「傅小姐，你好！」

對於傅盈的美麗，許俊成自然是極爲驚豔，這個美人跟上官明月一般絕色，那貴氣和高雅的氣質讓人不敢仰視。

周宣也擺擺手請許俊成坐下，然後問道：「許老闆，有什麼話就請說，是這間工廠的事情嗎？」

許俊成擺擺手，說道：「周老闆，以我現在的處境，叫我許老闆是高抬我了，就叫我老許吧，自然一點，這間廠房昨天周老闆就說了，隨意，我並不在意這個事情，我是想跟周老闆說另一件事，當然，也是請求！」

周宣倒還真是不明白了，瞧著許俊成的表情很誠懇，也很悲觀，便問道：

「好，我也是一個爽快人，有什麼事也不拐彎抹角，老許，說吧，什麼事？」

「周老闆，你也是知道我是做珠寶生意的，許氏珠寶一度在京城也算得上有名號，規模也還上得去，但這兩年我瘋狂的賭石，幾乎輸進去了近十個億，資金鏈斷掉，如今我是舉步維艱！以前我也有不少關係，但落難時，關係也就不成關係了，沒得說的，人生如此，關係本來就是維持在利益之上的，利益沒了，關係自然也沒有了！」

許俊成嘆息著說：「其中又有幾家大珠寶商想借機吞併我，其手段也是無所不用其極，打壓削減，我自己也算過這筆賬，我的總資本大約是十四億，我這幾年賭石輸掉了十億，銀行貸款還有三億五千萬，按這個計算，我只有五千萬的資產，但我那四十幾間店可都是優質資產，只是現在沒有資金周轉，營業額自然也幾近於無，瀕臨倒閉，但要算我店面的無形資產，那絕不會少於兩個億，而目前打壓我的幾個大商家都想吞併我，出的收購價卻只有兩億，唉，兩億，也太黑心了！」

周宣心裏一驚，隨即明白了些，問道：「老許，你的意思是不是要我把你的珠寶行收購了？」

許俊成搖搖頭，眼圈都有些紅了，嘆了一聲又才說道：

「不是，周老闆，我的意思是這樣的，周老闆今天不是解出這五塊極品的綠紫翡翠嗎，我想，你只要把這幾塊翡翠做抵押，可以申請銀行暫緩追貸，然後把這幾塊翡翠做成成品銷售，後面就可以還了這三億多貸款，而我的本意就是，如果周老闆願意，我想把許氏珠寶轉手，轉手的價格就是那三億多的貸款，以我的經驗，只要還清了貸款，又有新的資金投入，許氏珠寶的前景仍然很好！」

周宣這才算是明白了，心裏在盤算著，如果不用掏現金，只是以自己剛剛解出的那幾塊翡翠就能換取一家珠寶行，那也算值得。許俊成並不是生意做得不好，只是倒在了賭石上面，而這卻偏偏又是自己最擅長的，如果換過來，以後自己的貨源充足，貨源滾滾，倒也不是一件壞事。

許俊成見周宣低頭思索著，還以爲他不願意，便又道：

「周老闆，你昨天對我的慷慨，我已經很感激了，在我落難的時候，以前認識的朋友們就沒一個能伸出援手，而你這個不認識我的人卻能幫我，我真的很感激你，我跟你談的這件事，如果你不同意，我也不會怪你，我只是不願意我的心血被我痛恨的人搶去，確實心痛！」

周宣瞧著許俊成這個大男人，四十多歲了，眼圈紅紅的樣子，確實也不好受，笑了笑，說道：「老許，我不是那個意思，你剛剛說了，之前我也確實沒有想過插足這一行，不過我對賭石頗有研究，也不是做不得，你有這個意思，我倒也願意。」

許俊成怔了怔，聽到周宣說願意，一下子倒是沒反應過來，隨即歡喜之極的道：「好好好，你說你說！」

周宣笑笑道：「這樣吧，我以四億的價格收購你的公司，其中三億五千萬用來還銀行貸款，另外五千萬是你的錢，不過我還有兩個條件，不知道你能不能答應？」

許俊成這段時間已經被逼得走投無路，好幾次都想一死了之，但一個曾經成功的億萬富翁，又如何捨得拋下這花花世界就此而去？家人兒女又怎麼辦？

只是其他收購者心確實太黑，就算他賣掉了公司，依然還要欠一億多。欠了一屁股債，仍然是個窮光蛋，那又何必賣了自己的企業？

直到遇到了周宣。當然，他一開始絕對沒想到這上面來，只想著把這間工廠賣給周宣，但在廠裏見到周宣的毛料竟然解出了價值幾億的翡翠來，心裏頓時又活了。

要說許俊成這個人，確實是塊做生意的好料，就是倒在了賭石上面，當他看到周宣的幾塊極品翡翠後，馬上就想到，如果說動周宣將這幾塊翡翠利用起來，可以做當抵押貸款的抵押品，然後雕刻成成品後賣掉，其利潤就可以完全償還債務而有盈餘，再說，他這廠裏還有那麼多毛料，就算其中再解出一部分翡翠來，不用最好的，那也能保證貨源，周轉一些時候，許氏珠寶行就又活轉過來，那些想吞併他的人也就沒有辦法了！

而許俊成唯一的私心，只是希望周宣把他的債務完全接收過去，這樣他就不用欠債，而這間廠房周宣又給了他六百萬，雖然不能像以前過那般奢侈的生活，但六百萬現金節省著用，也能把家照顧好，把兒女養大了！

周宣一同意，許俊成真是欣喜若狂，但周宣到最後卻又說有兩個條件，周宣的意思說得很明白，不僅僅是接收了他全部的債務，而且還另外多給五千萬，這樣的條件如何能不答應？

「周老闆，你說你說，什麼條件？只要我辦得到的，我都能答應！」許俊成脹紅著臉趕緊說著，這一段落魄的時光，簡直把他的以往的能力眼光魄力都消解了個乾淨。

周宣點點頭又道：「我的條件就是，第一，除了三億貸款以外，剩下的那五千萬，我不以現金支付給你，而是當作股份，我給你百分之十的股份，也就是說，你雖然轉手給我了，但你仍然是這間珠寶行的股東。第二點，我對珠寶業並不熟，我再聘請你為珠寶行的總經理，讓你管理珠寶店面的銷售策劃等等，貨源和資金則由我負責。老許，這兩個條件，你答應嗎？」

許俊成呆了半晌，忽然站起身到周宣面前跪下，磕了兩個響頭。

周宣嚇了一跳，趕緊把他扶起來，說道：「老許，你這是幹什麼？」

許俊成哽咽著道：「周老闆，都說男兒膝下有黃金，我自己從長大後就沒下跪過，現在跪你，是因為你救了我和我一家人，如果沒有我了，我想我的妻子兒女會是一個悲劇，你的條件哪裡是條件，簡直是對我的恩賜！」

周宣的條件一說出來，許俊成就明白，周宣這是在幫他，五千萬占百分之十的股份，雖然許氏從此不是他的許氏了，但仍然是他在管理，而且，如果周宣投入計畫恰當，還掉債務後，又有強力的貨源支持，許俊成可以肯定，四十七間店面的利潤總額是很驚人的，一年的時間，他仍然能把許氏珠寶的資產打拼到十五億以上。這樣一來，百分之十的股份就變成了一億五千萬，他還是個億萬富翁！這樣的好事，他怎麼會不答應？周宣簡直就是他的福星，他的救星！

周宣其實是另外一種想法，不管做什麼生意，如果不懂行而硬插手，就算再賺錢的生意都會虧本，珠寶行他完全不懂，但許俊成懂，而且能力超強，如果他不是因爲賭石，他的境地就不會是現在這樣！

周宣不會管理，但當老闆的，只要能懂得管員工就好，把會管理的人管好那就成功了。

而給許俊成百分之十的股份也是如此用意，把他牢牢套住，既給恩又給利，他也會死心塌地把事幹好，何樂而不爲？

而且最關鍵的一點是，周宣有無窮無盡的貨源，這比其他珠寶商有更大的優越性，人家賭石可沒這麼厲害，靠的是真金白銀買回來，但他就可以以極低的價格把毛料買回來，再解出翡翠來，做成成品再高價售出，這個利潤就不是一般人能想像的了！

說實話，周宣雖然沒想過要插入珠寶行，但還是在考慮著自己賭回來這麼多的翡翠究竟要怎麼銷出去，現在好了，許俊成的及時加盟，一來解除了他的困境，二來，又給了自己另一個擴大商業的門子，兩全其美！

許俊成已經是唏噓不已，確實沒想到這一行倒是把他從地獄深淵中解救了出來！

周宣輕輕拍了拍他肩膀，然後又從衣袋裏取出了一張填好六百萬的支票給他，說道：「老許，呵呵，我應該叫你許總了，來，這六百萬的支票你拿好！」

許俊成一愣，趕緊又搖手道：「周老闆，我不能要，你幫了我這麼多，這個工廠本來就不值什麼錢，現在正好派上用場，就算我也出了一點力。」

周宣打斷了他的話頭，笑笑著把支票塞進他的手裏，說道：「老許，俗話說人是鐵，飯是鋼，你一家大小都要吃穿用吧？再說，你一個總經理，房子和車子都得解決，不說奢侈，但派頭還是要的！」

聽周宣這麼一說，許俊成紅著眼接了支票，手上沒有錢也是不行，再說，家裏最近也確實慘了些，銀行已經遞了最後通牒，將要把自己的房子查封了，車子也早已經被賣掉了，周宣給的錢還真是派上用場了。

接過支票，許俊成呆了半晌，腦子裏沒了頭緒，成了一團漿糊。

周宣又拍拍他肩頭，笑道：「老許，啥也別想，回去休息一晚上，明天再說！」

許俊成點點頭，然後又想起來了，趕緊說道：「周老闆，這樣吧，我們先把經營權過戶到你頭上，然後再討論其他事情！」

周宣搖搖頭，笑笑說：「老許，我都說了，別急在這一時，明天再說，好好睡個覺，你需要休息，現在你什麼都不用擔心了，錢不是問題，就算銀行不同意抵押緩貸，我也有現金，所以你就安心回去睡覺吧！」

許俊成還真有這樣的擔心，這時聽周宣提出來，心裏更是鬆了一大口氣，不過又好奇起來，周宣年紀輕輕的，在京城又沒有見過他，人很面生，這個年紀，一般不可能自己打拼出過億的財產吧？

聽周宣的口氣，好像幾個億並不是太大的事，還真是心裏很好奇，不過他也知道，李爲對他那麼恭敬，他一定是有來頭的人了，心裏也高興，有這樣的靠山，做生意就安全得多了。一般的商人，有哪個不想找個大靠山？沒有很穩的後臺，想做大生意那簡直就是在薄冰上走路，說不定哪一下便栽進了冰裏面。

許俊成把支票放好，正要跟周宣再說些事，忽然間，周宣身上的電話響了。

周宣把手機拿出來一看，是店裏的電話，當即接通了問道：「什麼事？」

電話裏是老吳的聲音：「小周老闆，店裏來了個老婆婆，說是那個賣掉筆筒的中年男子的母親，想來要回那個筆筒，但身上又沒有錢，所以我得跟你商量一下，因爲筆筒是你私人的，不算店裏的財產，要怎麼樣，還得你回來處理一下！」

周宣沉吟了一下，隨即道：「好，我馬上過來！」

關了手機，然後對許俊成說道：「老許，我另外的店裏還有點事，得過去一下，你先回去休息休息，明天我們再來商量具體的事情！」

見周宣有事，而自己的事也得到最完美的解決，許俊成欣喜莫名地向周宣告別。

周宣到廠房邊叫了李爲出來，又囑咐了一下弟妹和趙老二三個人，讓他們一邊招人，一邊看管好解石工廠，人事由趙老二和周濤管理，財務開支由周瑩管理，技術上則由老陳師傅管理。

這會兒，老陳四個師傅和他侄子都忙得不可開交，還在擦那幾塊解出來的翡翠，不知道周宣要走，也沒空出來。周宣也不想打擾他們，叫了李爲開車，跟傅盈一起往潘家園趕過去。

在路上，李爲興奮地問著：「宣哥，你玩魔術那麼神奇，沒想到你玩石頭還更神奇了，就那麼五塊破石頭，切來切去就切出了兩個億，你那廠房裏面還有一千多塊石頭吧，那得切多少錢出來？」

周宣笑笑道：「哪有那麼好的事？也就這幾塊碰到好的了，也許其他的石頭裏便切不出來了，也有可能切出來也沒有這幾塊這麼好，你不知道，這幾塊都是品質最好的翡翠，可難出得很！」

「宣哥，」李爲又涎著臉回頭說道，「反正你也不想教我玩魔術，那就教我玩這石頭吧，隨手弄它個幾億的，也不用我老是跟我老媽苦苦要個三幾萬的費事！」

周宣忍不住又頭痛又好笑。李爲還真會挑事，就算他想教，那也沒有辦法，技術可以教，異能卻是無法教出來的。

第一〇八章

敗家逆子

張思年也不是善類，迅即跑到廚房裏握了一把菜刀出來。
老婆婆又驚又慌，急急道：
「思年，你這個逆子，他們都是好人，
你看，他們把你偷賣的筆筒都還回給我們了，
你快放下刀，快放下刀！」

在潘家園外邊的停車場停了車，三個人穿過舊貨市場，回到店裏後，在店裏坐著一個六十來歲的老太婆，一身衣服都洗得有些發白了，看得出來，經濟狀況不是很好。

老吳對周宣說道：「小周老闆，就是這位老太太！」

周宣上前對老太太道：「婆婆，我就是買那個筆筒的人，您找我嗎？」

老太太扭頭瞧了瞧周宣，當即哆嗦著手，從身上掏出一個手絹包來，顫抖著慢慢打開手絹，裏面是包著的一疊錢。

有一張一百塊的，有一張五十的，然後是幾張十塊的，其中最多的是一塊的，大約幾十張。

老太太把這一疊錢遞到周宣面前，顫抖著說道：

「老闆，那筆筒是我公公傳給我丈夫的，我丈夫當命根子，現在丈夫不在了，我也不能傷他的心啦，都是我那不爭氣的兒子！」

老太太說著，忍不住抽泣起來，傅盈在一邊覺得不忍心，便遞了一張紙巾給她，勸道：

「婆婆，有話慢慢說！」

老婆婆拿著紙巾擦了擦混濁的眼淚，然後又道：

「在我們那老宅子後面有個工地，是新建社區的工地，我兒子張思年也不知道怎麼就認識了工地上的幾個包工頭，天天跟著他們賭。我老伴去世後，他的退休工資就沒了，我一個月有六百塊的補助，兒子又遊手好閒的，不過，吃得差一點，我們母子倆的生活還是勉強能過，但兒子好賭，輸多贏少。

一開始，輸了就向我要錢，一萬多塊的積蓄都被他輸了個乾淨，後來就拿家裏的東西去賣。我老伴喜歡收藏東西，不過後來都被變賣和打壞了，也沒剩下什麼了。其他的我都不說，就這件筆筒，那是我老伴家傳下來的，老伴吩咐過，無論如何都不能把這件東西弄丟了，說是裡面有秘密。

老伴去世了，我也沒別的戀想，就是老伴特別交代的東西不能丟。小老闆，我家裏確實沒有錢了，就這兩百一十七塊，我全給你，求求你把筆筒還給我吧。」

周宣嘆了一聲，對老爸說道：「爸，你把那個筆筒拿出來。」

等周蒼松拿出來後，周宣接過來瞧了瞧，底部已被老吳修補過，又補了漆，看不出來什麼，然後才遞給了老婆婆，說道：

「婆婆，您拿回去吧，要小心看好，別再讓您兒子拿走了。這錢，我就不要了，您拿回去吧！」

老婆婆一怔，隨即搖頭道：「小老闆，我不知道我兒子賣了多少錢，但我知道肯定不止這兩百一十七塊，我也沒辦法拿更多的錢，所以這一點錢我是不能拿回來的！」

老婆婆雖然年紀大，卻很明事理，好在這筆筒確實不值什麼錢，但也確如她所說，是有一個秘密在裏面，想來她丈夫的先人們傳著傳著，就傳丟秘密了，也可能是因爲不知道是什麼秘密，所以時間一長，後人們也沒有把這秘密當一回事了！

周宣淡淡一笑，把錢拿起來塞進老婆婆的衣袋中，說道：

「婆婆，您兒子在我這兒確實沒賣到什麼錢，而且我也實話跟您說，這個筆筒確實不算有價値的古董，不値錢，您收好了！」

老婆婆又是流淚又是感激，連連道：「小老闆，你真是個好人。我謝謝你了。」

謝過周宣後，老婆婆才捧著筆筒，佝僂著身子慢慢往門外走去。

看著老婆婆走到門口，周宣忽然想到一件事，趕緊叫道：

「婆婆，您等一下！」

老婆婆停下轉過身詫道：「小老闆，你還有事嗎？」

「您兒子呢？」周宣問道，「您兒子現在又去賭了？」

老婆婆搖搖頭，悲哀地回答著：「他現在正在家裏睡覺，昨晚又是通宵出去跟那幫包工頭賭，人家都是有錢人，又有錢又有手段，他哪裡能贏到別人的錢，而且他現在也沒有錢了。沒錢就在家睡覺，睡醒了就發脾氣罵人！」

那個中年男子，其實周宣是見過的，也有印象，前兩次拿東西來就是急急想換錢，看樣子就像是要拿了錢就再去賭一般，沒想到還真是換錢去賭博了。

周宣想了想，又說道：「婆婆，我想見一見您兒子，可以嗎？」

雖然不認識，但經過剛剛這一會兒接觸，老婆婆從心裏感覺到，周宣是個好人，不會害她，也不會害她兒子，雖然她也不知道周宣爲什麼要見他。

老婆婆猶豫了一下，問道：「小老闆，能問問爲什麼嗎？」

周宣點點頭，微微笑道：「婆婆，您放心，我不是要對您兒子怎麼樣。我只是想問問他，在哪兒賭博，被哪些人騙了，我有個朋友很會玩這個，也許能幫他討回賭債！」

老婆婆這才放了心，周宣跟了她一起，傅盈也跟著，李爲又過去開了車。車開過來，周宣把老婆婆扶上了車，然後自己坐在前面，後邊讓傅盈跟老婆婆坐一起。

老婆婆的住宅是崇文區靠郊區界邊的老房子，老京城的人都知道，東城富，西城貴，窮宣武，破崇文，崇文是老城區，地勢局限發展不開，改建補償也是個大問題，所以老城區還是老城區。

老婆婆住的是一棟九層樓的老房子，沒有電梯，她家住六樓，沿著舊樓梯上到六樓，房間是兩室一廳，大約有六十個平方，傢俱看得出來都是幾十年的老傢俱。

老婆婆把周宣、傅盈和李爲三個人請到舊沙發上坐下，然後倒了幾杯白開水，這才到房間裏把兒子張思年叫了起來。

張思年揉著眼睛嘀咕著：「幹嘛呀，睡得好好的把我叫起來。」到廳裏猛然見到周宣幾個人，當即呆了呆，馬上又朝老婆婆叫道：「你這個老太婆，幹嘛把這些人帶到家裏來？」

李爲立即臉一沉，伸手在桌子一拍，罵道：「對自己老娘都這樣，能是什麼好東西，真想他媽收拾你一頓。」

張思年也不是善類，迅即跑到廚房裏握了一把菜刀出來，罵道：「媽的，跑到我家裏來撒野！滾，否則老子劈了你們！」

老婆婆又驚又慌，急急道：「思年，你這個逆子，他們都是好人，你看，他們把你偷賣的筆筒都還回給我們了，你快放下刀，快放下刀！」

李爲小時候經常打架，大了就很少打了，主要是他的身分，平常也沒有什麼人敢去動他。這時一見張思年提了菜刀，耀武揚威的撒潑，趕緊站起身左瞧右瞧地找防身武器。不過李爲還沒找到武器時，傅盈早輕巧地縱身出去，閃電般踢了他一腳。「匡啷」一聲，張思年便扔了菜刀蹲到地上捂手呼痛。

李爲和周宣都沒有瞧清楚傅盈是怎麼動手的，張思年就已經扔了菜刀蹲在地上了。

周宣是知道傅盈厲害的，並不吃驚，只有李爲驚訝得不得了，沒想到傅盈這個嬌滴滴的大美女，竟然有如此厲害的身手！

老婆婆也吃了一驚，趕緊過去瞧著兒子。雖然張思年不孝又賭，但兒子就是兒子，老伴去世後，她就只有這個兒子了，哪裡能不心痛！

張思年蹲在地上，左手緊緊握著右手腕，手上瞧起來也沒有什麼傷勢，但就是痛得厲害，額頭上的汗水像豆子一般顆顆滾落！

原來傅盈是踢了張思年手上的一處穴道，不會腫不會傷，但就是要命的痛。

而張思年也確實是個孬種，一吃了苦頭，馬上就軟了，一邊呼著疼，一邊求饒道：

「啊，好痛啊！你們要幹什麼就說，哎喲……」

傅盈上前又是一腳，張思年害怕，但想躲又躲不開。不過傅盈這一腳踢了後，倒是不痛了！

張思年活動著右手腕，心裡很奇怪，就這一下子又不痛了，瞧著傅盈又是害怕又是吃驚，但再也不敢胡亂叫嚷了，心裏知道這個漂亮的女孩子可是不能惹的。

周宣淡淡道：「張先生，只要你不動粗、不動武就沒事。我只想問問你，你是在哪兒賭錢的，又是跟哪些人賭的？」

張思年怔了怔，問道：「你們來只是要問這個？沒別的事？你們想幹什麼？」

周宣笑笑道：「我只是想瞭解一下，你們是怎麼賭的，我猜你被人騙了。因爲賭局就是騙局。」

「被騙？媽的。可能還真是被騙了！」張思年一提起這個，馬上就激動起來，惱道，「跟他們玩，我就沒贏過一次！」

張思年說著瞧了瞧周宣，見他微笑著並沒有答話，又說道：

「就是在我們後面的一個新建的工地上，這個工地有五六百個工人，白天晚上都有人玩牌，玩的是『詐金花』，不知道你們見過沒有？」

「詐金花？」周宣笑了笑。這個賭法是內地川渝湖北湖南一帶興起的。可以同時讓多人一起玩，直接用現金，十分刺激，玩法又極爲簡單，但同時也極考智力，自己到南方後也曾玩過，不過都是小賭。

「都是些什麼人玩？」周宣問他。

張思年瞄了瞄傅盈，對這個漂亮到極點的女孩子著實忌憚，暗暗挪動了幾步，然後道：

「起頭的是工地的兩個包工頭，一個叫王亮，一個叫朱永紅，他們兩個都是承包室內裝修粉刷的，因爲現在主體還有幾層沒建好，室內的裝修還要等一個星期左右，但他們在一個月前就開始招工人了，也有幾十個工人，平常還有些小活兒幹，沒活兒幹就賭錢！」

張思年是個愛賭的人，賭技眼力都只有一般，人一多便顧不到了。第一次去那兒就輸了四百，但其中有一次，他一把順子贏了一千六百塊，後來雖然輸了錢，但心裏很激動，覺得在那兒一定能發財。

接著，便從家裏把老太太的一萬多私房錢偷出來，去豪賭了一晚上，結果一萬三千塊都輸在了一把牌上，那把牌，張思年拿了三個十，當時心裏便激動得不得了，這可是一把超好的牌面，每次往桌上押錢的時候都很狠，連連漲價。

張思年記得很清楚，那把起初有六個人跟，跟了四五把就只剩三個人，除了他，王亮，還有一個工人，那個工人的牌面是黑桃九十，是同花順，在詐金花裏，牌面也是極大的，但可惜遇到了張思年的三條。

因爲詐金花在中段的時候，是可以拿錢看其中一家的底牌的，那工人顯然是看錢說話，因爲自己牌面好，先沒有看他工頭王亮的牌，而是選擇看張思年的牌。張思年又怕他們暴露自己的底牌，便捂住了自己的牌，讓那工人把牌給他看，那工人把牌面偷偷亮給他一看，張思年當時還吃了一驚。

同花順啊。這可真不是小牌，但心裏還是得意，當即手一揮，說道：「你趴下！」

這個意思是他的牌死了，那工人很不相信，還瞪著眼說：「你看清楚些，我是什麼牌！」

張思年哼哼說：「我看得很清楚了，你趴下，我的牌等最後自然會給你看！」

那個工人當即就不吭聲了，把自己的牌蓋好放在一邊，要是等一下結束後，張思年的牌面比他小，那張思年就要包賠他，桌面上有多少錢就賠多少。

桌面上也只剩下包工頭王亮和張思年兩個人了，而王亮自始自終都沒有出聲，桌面上拼死了的幾個人投入的現金總和超過了五千塊，張思年手頭上也還剩一萬一千塊左右，然後兩個人都不說話，只是往上面搭錢。

爲了防止錢多的拿錢壓人，所以封了頂的，以一千封頂，就是說，每一把你最多只能往上面放一千，不能超出這個數了，否則就是有錢人的遊戲了。因爲只要有錢，忽然往桌面上放十萬八萬的，而你牌面再大，卻沒有錢跟，那就看不了對方的底牌，就算人家牌面很垃圾，你也沒辦法，所以封頂是必要的，除非幾個相熟又都有錢的朋友就無所謂。

通常在那個場合下，玩大玩小的金花賭客都會事先說好封頂的數。

張思年早被桌子上的錢刺激得面紅心跳了，一千一千往桌子上扔，而王亮也一樣，直到張思年把最後兩千塊放上去，就要求看牌了。

結果卻是，王亮的底牌是三條，是最大的牌面，大過了張思年的三條十，這一把王亮純贏了兩萬塊左右，幾乎把賭局上的賭客們的錢贏走了十分之七，而張思年一個人卻是全軍覆沒。

張思年呆怔了半天，似乎不信，但王亮卻把桌面上的錢抹了個乾淨，而最後笑笑地向張思年扔了一百塊錢，給他說抽煙坐車。

那個工人看到張思年的底牌是三條十，也不吭聲了，人家確實比他大，不過更羨慕的是工頭王亮，人家才是笑到了最後的人。

聽了張思年斷斷續續地說了這件事，周宣又問道：

「那個包工頭王亮和朱永紅有沒有幫手？比如他的監工、手下什麼的人？」

張思年想了想，點點頭道：「有，有兩個，一個叫吳勇，一個叫王大毛，兩個人都是五大三粗的，聽說是練過的，是王亮和朱永紅專門請的打手，以防有工人鬧事的。這兩個人天天跟著他們兩個上桌賭金花的。」

周宣笑了笑，然後說道：「張思年，我告訴你，你被騙了，那就是王亮和朱永紅設的局，我以前也經常玩金花，沒事時還計算過，一副牌五十四張，除去大小鬼牌不要，五十二張牌如果任意組合，三張牌的牌面會有兩萬兩千一百種，但要在同一次出現兩個三條和一個同花順的牌面，按照理論計算，這個機率只有萬分之零點零幾，就跟買彩票中五百萬一樣，是可遇不可求的事，所以，一定是他們設的局。」

聽周宣說得有模有樣的，張思年呆了呆，又問道：

「我也這樣想過，可是沒看出來什麼。」

「呵呵，要是你看得出來，他們怎麼騙你的錢？」周宣淡淡笑道，「玩金花的騙術多得很，人多更好弄，如果他有幫手，那就更容易了。比較常見的是，你注意的都是他本人吧，那他的幫手你就注意不到了，我說幾個很容易做的手法。」

張思年怔了怔，趕緊豎著耳朵聽著，不知道周宣是真懂還是假懂。

周宣問道：「你有撲克牌吧？」

「有有有！」張思年是個老賭棍，哪會沒有撲克牌，當即從旁邊的櫃子上拿了一副過來遞給他。

周宣把大小鬼牌挑出來往邊上一放，然後對張思年道：

「你看好了，我先給你和另外一個人發牌。」

說著，就給他和李爲面前各發了三張牌，張思年的牌面比較大。

周宣又取了三張牌握在自己右手心，這個動作張思年並沒有瞧見，然後說：「我是李爲的幫手，我在旁邊看看他的牌吧。」

說著，把李爲面前那個牌拿起來捧在手中看，隨即又放回原處，但把牌面蓋了起來。

周宣笑笑著對張思年道：「知道李爲這三張牌是什麼牌面吧？」

張思年點點頭道：「知道，我的牌面大過他，我贏了！」

周宣指著桌面上的牌說：「你拿起來看看！」

張思年伸手把三張牌翻過來，瞧了瞧卻是愣了！

這三張牌這時候卻變成了三條。

張思年呆了呆，才盯著周宣的手問道：「你幾時把牌換了啊？我怎麼沒瞧見？」

周宣淡淡道：「我發完牌後，你就只注意發出去的幾副牌了。而我手上剩餘的牌你根本就沒看。我偷偷拿了三張，然後握在右手心，你只見到我手背面，然後我用左手把李為那三張牌又拿到手心裏看，接下來，我放回去的卻是三張了。你又只注意面前的牌，我就順手把牌放回剩餘的牌裏面，這樣我身上也沒有牌，你就找不到任何證據了。」

張思年呆了半晌。周宣又笑笑道：「其實手法很多，俗話說十賭九騙，經常贏錢的，玩的是手法騙術，而不是靠運氣。靠運氣是贏不了錢的。」

張思年呆了呆，然後問道：「就算他們是玩詐吧，但現在無憑無證的，找他們也沒有用，再說他們有錢又有關係，評理是不行的，這可是賭博，想打架，那就更不是對手，他們那些打手心狠著呢，我上次就親眼見到有兩個工人給打得頭破血流，那個吳勇和王大毛抓到什麼都能下手，心狠手辣得很！」

李為也呵呵地笑了起來，周宣的意思他可是明白了，來張思年這兒，就是想要張思年把他們幾個人帶到包工頭那兒賭金花，這事他可是喜歡得很，又聽說包工頭有打手，心裏頭更是癢癢的，好久沒玩過這種事了，平時還要擔心爺爺和老子的嚴厲管教，但現在可是奉了欽命，跟著周宣不管怎麼鬧都沒事，想不到的是，周宣居然也愛搞這些！

笑了幾聲，李為悄悄對周宣說道：「宣哥，我打個電話，叫我老子派兩個能打的兵過來，咱們去吧。有防備最好，他們不鬧事就算了，如果鬧事，那也得不吃虧才行。」

周宣笑笑著點頭，心想他找兩個人來也好，如果是李雷派來的人，身手就不用說了，對付包工頭那些地痞流氓自然是小菜一碟了，如果對方又有些關係什麼扯出來，有李爲這傢伙在一起，那也省事了，除非那些人不扯，越扯得寬，他們越吃虧，越難收場，也省得自己再去找人拉關係。

周宣對張思年道：「你帶我們去賭一場，我向你承諾，不論輸贏，我都給你一萬塊，另外打架的事，你就不用擔心了，我們會找兩個幫手，除非他們不惹事，要惹事的話，我們不會吃虧的。走吧，先帶我們到附近的銀行裏取十萬塊現金，夠了不？」

張思年大喜，連連道：「夠了夠了，就是那幾個包工頭，平時也不會帶這麼多現金在身上的，要是你帶這麼多錢，等會兒到了，我會提前跟他們說，讓他們多取點錢。」

張思年一時心癢難抓，趕緊在前頭帶路，下了樓。

周宣最後一個出門，到門口時，又偷偷塞了兩萬塊錢給那老婆婆，囑咐道：「婆婆，把這錢藏好一點，別再讓你兒子發現了，拿來當生活費吧。」

沒再跟老婆婆多說，一行人徑直就下了樓。

傅盈跟在周宣身邊，嘆息著道：「周宣，老婆婆這錢最終還是會被她兒子拿去賭的，江山易改本性難移，我瞧那張思年很難改過來！」

周宣搖搖頭，淡淡道：「是啊，我又不是神，也盡了人事，我只是盡份心，讓自己心裏好過一些！」

張思年帶著他們到附近的一間銀行，十來分鐘後，周宣取了錢出銀行。在門口，李爲聯繫的人也來了。

是他老子李雷派的人，開了一輛黑色的通用。一下車，周宣不禁笑了，這兩個人竟然是鄭兵和江晉！

周宣笑呵呵地上前跟兩人來了個擁抱，然後又側頭對傅盈說：

「盈盈，這是上次你見過的，鄭連長和江排長，身手了得！」

傅盈點點頭，禮貌又客氣地道：「你們好！」

李爲還不認識，畢竟他的身分跟鄭兵他們懸殊太大。

事情也巧。李雷因爲有別的事回京，順便就安排了他們兩個來執行任務，不過，他們不是李雷的警衛員。

李雷一聽說是周宣要用人，趕緊派了他們兩個過來，還問要不要多幾個，李爲心想：既然是去賭錢，人多了那還有什麼好玩的？三幾下就把人家打得個落花流水的，沒意思，就跟他老子說不用了，小事一樁。

李為叫了張思年上鄭兵他們那輛通用，自己開了吉普，周宣和傅盈坐他的車，鄭兵的車開在前面，張思年指路。

這時候才下午兩點多，張思年帶他們到的是崇文老城區拆建的一個工地。在工地門口說是找王亮，門衛見他們又是開的車，也沒有問，直接放行。工地上本來人進人出的，多是工人，門衛也不過就是個擺設，沒什麼大用的，工地上主要是防盜。

在廣場邊有一大長排工棚。第三個工棚裏，王亮和朱永紅正在聚賭，一桌子六個人。

工棚門口有一個大胖子抽煙守著門，張思年笑著說道：

「胖哥，我有幾個朋友也想來玩玩，反正是有錢沒事，閒得慌。」

大胖子瞧了瞧他們六個人，然後說道：「你們等著，我進去跟王哥說說。」

一分鐘不到，大胖子又出來拉開了門，說：「進去吧！」

工棚裏面烏煙瘴氣的，一張大長木板釘成的簡易桌子邊，六個人正在賭金花。

張思年瞧了瞧這幾個人，基本上都認識，兩個工人以前也一起玩過，剩下四個人就是王亮、朱永紅、吳勇、王大毛。

王亮三十多歲，瘦長臉，朱永紅倒是一表人才的樣子，三十歲左右，吳勇和王大毛卻都是一臉橫肉，身材粗壯，年紀二十四五的樣子。

張思年將周宣做了介紹，然後又對王亮和朱永紅介紹了周宣。

王亮的眼神瞟了瞟周宣，沒怎麼瞧得起，太普通了，不像有錢的人，不過緊挨著的傅盈可就讓他們幾個人都瞧得呆了！

別說工地上了，就是在大街上，在美女出現極多的地方，那也難得一見這種絕色！

周宣提了裝錢的袋子往桌子上一放，把錢一下子全倒在桌子上，整整十捆，銀行紙封都還沒有打開，讓桌子邊的幾個人眼睛都亮了起來！

有錢就好說，王亮讓吳勇趕緊找了條板凳過來，周宣這邊上場的是周宣和李爲兩個人。坐上板凳後，周宣想分給李爲一半的錢，誰知道李爲自己就掏了一大疊錢出來，看樣子也有好幾千。

周宣笑了笑，問道：「我們來玩，那就客隨主便吧，王老闆，先說說規矩，無規矩不成方圓嘛！」

王亮瞄了瞄他面前那一堆錢，嘿嘿笑道：

「那好，我就簡單說說吧，大家都是老玩家，基本規矩你們肯定是知道的，大小都是一樣的，就說說一些規則，以帶頭的最大，比如同花順以聯最大，飛三條大同花順，同花順大同花，同花大對子，對子大散牌……，明白嗎？」

第一〇九章

勝券在握

周宣相信王亮這一夥人絕不會是單純的靠運氣贏錢的，
一定做了手腳，只要自己逼得他們做不了手腳，
那自己就不怕，因為自己的冰氣可以探測到他們的底牌，
無論如何，都是勝券在握。

周宣點點頭，金花的玩法各地都是大同小異，只是規矩有些些微的不同，那都是隨場定的，通常來說，是三條最大，到天頂了，然而詐金花就像是玩剪刀石頭布一樣，永遠都是互相相生相剋，但如果抓到三條了，那基本上還是到天了的最大牌面。因爲在抓到三條的同時，又出現不同花色的牌，這種機率實在是跟中大獎彩票一般的難。

王亮見周宣同意規矩，當即又道：

「瞧你們是想玩大的，那鍋底就漲到十塊吧，太小沒意思，封頂的數字就由你們定吧！我所說的鍋底，是玩金花的每一位玩家每次所下的底金，這個底金不退還，全部歸這一局最後的贏家。」

十塊錢的鍋底對一般玩家來說算大的了，因爲玩詐金花的次數很快，通常一天下來，會有上千次，如果你拿不到好牌，或者贏不到幾局，你可以算得到，一次鍋底十塊，十次就一百，百次一千，一千次就是一萬塊了，就是說你光下底就會輸掉一萬塊。

然後王亮又說了幾條規矩，比如暗注最低是鍋底數，也就是說，發牌後，玩家不看牌直接下暗注十塊，那麼後面的玩家如果看牌後要跟的話，就必須翻一番，得花二十塊跟上，如果前面暗注是一百，那看牌跟的就必須用兩百塊才能跟上。

在每一局中間，玩家超過兩個人時，如果有人支持不下去，一是選擇放棄，二是可以投錢看某一個玩家的底牌，如果那個玩家是下暗注一百塊的話，那麼跟注就是兩百塊，要看他的底牌就得再翻一番，那得四百塊才可以看他的底牌。

看底牌後，如果他的底牌大過自己的，那麼那個人就被比掉了，也就是說他死了，你繼續，你可以繼續跟注，也可以再看其他人的底牌，當然，看另外一家的底牌又得輪到順序，而且還要再投入翻倍的錢，所以玩金花一是刺激，二是要講膽量，也極考智力。

不過周宣相信王亮這一夥人絕不會是單純的靠運氣贏錢的，一定做了手腳，只要自己逼得他們做不了手腳，那自己就不怕，因爲自己的冰氣可以探測到他們的底牌，無論如何，都是勝券在握。

王亮和朱永紅倆人相互遞了一個眼色，這一個表情一閃即逝，不過周宣還是敏銳地捕捉到了。

王亮先是衝吳勇說道：「吳勇，去把我那九萬塊現金全部拿來。」

加上桌上王亮還有兩萬塊，朱永紅桌子上有四萬多，吳勇把錢拿來後，一共就有十五萬多。

一桌子成捆的錢，讓其他人都眼紅不已，還沒開始賭，氣氛就熱了！

王亮笑呵呵地把錢擺在面前，說道：「小周，你姓周吧，呵呵，你帶了錢來，那我們也得把錢擺出來，大家都看到錢了，輸贏也都爽快，是不？輸了心裏也痛快！」

朱永紅笑笑道：「那就開始吧，下鍋底下鍋底！」

挨著順序過來，朱永紅、王大毛、吳勇、王亮、兩個工人，然後是周宣、李爲，一人扔了一張十塊錢的鍋底。

周宣見張思年眼巴巴瞧著，又眼紅又饞，便扔了一萬塊錢給他，說道：

「張思年，我早說了，帶我們來玩，就給你一萬塊，這錢我是給你了，你是賭還是拿回去存起來，都是你自個兒的事了，不過我還是希望你別玩。毫不介意地說，你如果繼續賭下去的話，多少錢都會輸光。」

張思年接了錢，臉都笑成了圓的，哪裡還聽得進去周宣的話，忙不迭就放了一張錢在桌子上，說道：「發我一份，發我一份！」

周宣搖搖頭，心想：這個張思年是沒得救了！

傅盈則站在周宣背後，鄭兵和江晉兩個一人在周宣身側，一人在李爲身側。

朱永紅開始洗牌，周宣笑笑道：「朱哥慢著，我瞧瞧！」

說著，把他正在洗的牌拿過來瞧了瞧，然後又瞧了瞧背面，然後淡淡道：「我想，朱哥還是換一副牌吧。」

朱永紅和王亮四個人都是一怔，眼睛瞇了瞇，這副牌是副釣魚撲克，背面的花紋是有記號的，從花紋上可以分辨出牌面來，這個牌用了很久，一直沒有人懷疑和認出來，但周宣第一句話便淡淡提了出來。

四個人暗暗心驚，看來這個周宣不是輕易就能瞞過去的，不過周宣也給他們留了面子，並沒有把記號撲克牌的底細說出來。

朱永紅當即笑著說：「是是，這副牌已經玩了一兩個小時了。新賭局新撲克，吳勇，再拿幾副新撲克牌來。」

吳勇應了一聲，跑出去到工地前面店裏面買了十副新撲克牌，這些牌不是假的了，周宣拆開一看就知道。

朱永紅拆開一副，取出大小鬼王扔了，然後洗了幾遍，由他前面的張思年切牌，張思年少少揭了十來張。

一共是九個人，每人三張牌，朱永紅手法挺純熟的，挨個派了牌，然後把剩下的牌放到桌子中間，跟鍋底混在一起。

鍋底有九十塊錢，派完牌後，第一位就是朱永紅的下家，也就是王大毛，看也不看就扔了五十塊錢進去。他這是暗注，暗注五十塊錢，後面的玩家如果看牌後再跟的話就需要翻番，要一百塊了，第二家是吳勇，提牌看了一下，然後扔了。

第三家是王亮，也看了看牌，然後又問了問周宣：「周老闆，忘了問你，封頂多少你好像還沒決定吧？」

周宣想了想，說道：「就兩千封頂吧，四千看牌，也不是搏命，隨便玩，玩小一點吧！」

聽周宣輕描淡寫地說著，王亮眼睛瞇了瞇，摸不清周宣是真有錢還是裝樣子的，不過面前擺了十萬塊倒不是假東西。

想了想，王亮不動聲色扔了兩百塊錢進去，算是跟注了。接下來是兩個工人，第一個看牌後直接扔了，嘆著運氣不好；第二個也是看牌就扔了，在他們看來，玩得這麼大了，沒有牌就不敢跟注，否則隨便一跟就是需要成百上千的錢，而後面還有那麼多人，隨便有人跟，就得考慮著花更多的錢跟人家拼，這就必須有很好的牌面才敢跟。

接下來就是周宣了，周宣早放出冰氣探測了一遍，這第一把，王亮倒是沒有弄假玩手法，下暗注的王大毛，底牌是一對六加一個八的牌，算是很好了。

第二個吳勇是直接看牌扔了，而看牌跟的王亮的底牌卻是一把渣，這個牌面是散牌，就是最大，遇到別的牌，只要有，另一張大過六，就贏他了，當然，有同花順和金花的就更別談了。說明了，王亮就是詐雞。

周宣自己的牌面是四五川，同花順。也是把渣，而且是更渣的，很小的牌面，周宣也不看牌，扔了兩百塊錢進去，暗注兩百，已經很大了。

周宣後面是李爲，這小子拿了一副二三，也是不同花色的渣牌，看了牌後也放了兩百塊錢，王亮當即說道：「看牌跟注要翻倍，要下四百塊了。」

李爲又添了兩百塊錢，四百塊錢對他來說當然不算什麼，翻番就翻番。

再下來就是張思年了，前面下得這麼大了，他當然不敢再暗下去，拿了牌一瞧，是一對七加個五，這個牌面是對子，猶豫了起來。

說實話，這時候他是看牌，是明牌，再跟注就要四百塊了，拋開暗注的王大毛和周宣不算，他們兩個沒看牌，但王亮和李爲可是看牌下注的，想必手面上至少都有點格數。

猶豫了一陣，朱永紅催道：

「你跟不跟？跟就放錢，不跟就扔牌，別像個女人一樣磨蹭！」

張思年嘆了嘆，很可惜地把牌扔了，說道：「我一對七，太小了，不跟。」

朱永紅撇了撇嘴，然後也拿起牌看了看，也是一副散牌，單最大，想了想就把牌扔了。

又回到王大毛那兒了，他開始是下的暗注，五十塊，但現在再暗注就得兩百塊了，想了想，還是拿起牌看了看，當看到是一對六後，又是懊悔不已，這個牌面不大，剩下的人不多，又有兩家明牌跟著，很容易就死掉，不過扔了又可惜，還是放了四百塊進去，先試探一下，如果把明牌的兩家打飛了，那是最好的結果，要對付暗牌的周宣，那就好多了。

王亮想也不想的又扔了四百塊，他是明牌，這四百塊就是審視後面的周宣和李爲兩個人了，因爲是第一次交手，不知道他們的玩牌心理，而且，他還有王大毛頂著，如果王大毛收底了，這錢也不會落到別人手裏。

周宣這個時候明白，王亮是在詐雞，但王大毛卻是有一對六，如果自己看牌再跟，或許他就會拿錢看自己的底牌，那自己就死了，當即又扔了五百塊進去。

五百的暗注已經很大了，因爲明牌要一千，如果看底牌就需要再翻一番，那就是兩千了，因爲剛剛周宣又說了，兩千封頂，四千看牌。

周宣扔五百塊錢的時候，王亮和朱永紅又相互對視了一眼，眼神裏又燙又熱，以爲他們遇到了一個待宰的肥羊了，因爲周宣肯下大注，這樣的人最難得，一般就算是有錢人，如果不敢下大注，老是給你十塊十塊的下，那也難贏到他的錢。

李爲扔牌了，雖然這點錢不是什麼大錢，但也不能瞎扔白扔，因爲他再跟就要花一千塊錢了，不值得。

這時候，場面上就只剩下三家，周宣、王大毛和王亮。

王亮毫不猶豫地又跟了一千塊，王亮接著也跟了一千，不過跟的時候，手遲疑了一下，雖然很短，但周宣卻瞧得很清楚。

周宣這時候就不再暗牌了，伸手拿起牌來，雖然不用看就知道底牌，但還是裝作看了一下，依然是不同花色的四五九，周宣只瞧了一眼便即放下牌，然後數了兩千塊跟上去。

王大毛這一下猶豫了起來，如果再跟牌要再花兩千，如果周宣繼續跟注而不是選擇要看他的底牌，那他就要再花四千才能看他的底牌，這一跟一看就要花六千塊，即使不跟注，直接看他的底牌，那也得花四千塊，而自己的底牌只有一對六，牌面相當小！

雖然王大毛跟王亮是一夥的，但在他手上如果輸掉了大筆的錢，那也是要挨罵的，因爲這個心理，王大毛猶豫了起來，扔個一千兩千，輸了無所謂，但一把這樣的小牌輸了個六七千，可就不好受了，關鍵是周宣這個混蛋下的注太大了，要是小一點，他就翻番看底牌了。

有了這種想法，王大毛又後悔起來，剛剛爲什麼要裝比呢？要是剛才選擇看周宣的底牌，那也不用花這麼多錢啊？就轉了這麼一手，周宣立馬就漲價了，搞得他不敢跟又不敢看。

剛剛張思年猶豫的時候，朱永紅就在催了，現在王大毛也在猶豫著，周宣雖然沒說話，李爲就不客氣了，叫道：

「你快點好不好，磨蹭什麼？」

王大毛咬了咬牙，把牌扔進中間，說道：「我扔了！」說著又朝李爲瞄了瞄。要在平時，李爲說這話，他拳腳早就過來了，但現在周宣和李爲是他們的財神爺，是送錢來的，不能先得罪。

王大毛一扔，王亮也猶豫起來，他手裏面的牌是爛牌，詐雞歸詐雞，但能不能贏牌，心裡卻是有底的。

像周宣這種性格，哪怕才第一次見面，王亮也敢肯定，周宣絕不會因爲他再跟一手就扔牌，如果他一跟，周宣就掏錢看他的底牌，那他還是死定了！

四五的牌面是沒有任何底氣的，沒有把握把周宣打得自己扔牌，王亮就沒有再跟下去的必要了，也當然不能拿錢開他的底牌。

想了想，王亮默默把牌插進中間的牌堆裏，淡淡道：「我扔牌了！」

他這個舉動，是不想別人知道他是詐雞的，不讓別人知道他的底牌。

李爲一聲歡呼，傅盈也在周宣背後微微笑著，這個牌她雖然沒玩過，但一講她就懂了，看到周宣一把爛牌居然把這幾人玩得狼狽不已，心裏頭著實高興。

周宣笑笑著把底牌翻到桌面上，梅花四，方塊五，黑桃九，不同花色，很爛的牌。

王亮一怔，臉色抽搐了一下，心裏像刀割了一下！這傢伙居然也是詐雞！牌面居然比他還小！

王大毛愕然半晌，心裏懊悔得不得了。心想：要是把周宣的底牌硬著心花四千看了多好啊！

而另一邊，張思年卻是一巴掌把桌子拍得轟響，嘴裡喃喃地罵了起來。他的底牌是一對七，可是最大的啊！

周宣這一手，把王亮幾個人的心神都打亂了。當然，他亮出底牌也是故意的！周宣把桌子中間的錢一張一張揀出來放到自己面前，有點故意炫耀的味道。

在場的人中，心情真是各有不同，但無疑，周宣第一手便把王亮四個人的心情打亂了，想要靠心理作用來打壓贏錢的路子是行不通了。

因爲從心理上打壓，讓別人不敢跟你拼，那就得要有極強的氣勢，但目前來說，王亮、朱永紅一夥人的氣勢都被周宣打沒了！

氣勢上不敵人家，似乎從金錢上也壓不倒周宣，那就沒什麼優勢了。

發牌是由贏家發的，所以第二把牌就要由周宣來發了。周宣隨便把牌洗了兩遍，然後遞給前面的一個工人切牌，那工人切了上面二十張左右，然後周宣就開始發牌。

他發牌的手法不像朱永紅那麼熟練，甚至還有些笨拙，發完牌後由下家說話。

周宣的下家是李爲，這愣頭青也學到了周宣那一手，也不看牌，數了十張一百元扔下去，洋洋得意的道：

「我來暗注一千塊！」

張思年苦著臉看了看牌，然後扔了，上一把應該贏幾千塊的沒贏到，現在自己的上家又遇到李爲這樣又愣又傻的傢伙，一出手暗注就是一千塊，那可是到了頂，一家子出手就到了頂，這讓後面的人很爲難，暗注要一千，明注要兩千，而且按規定來說，第一輪是不能看底牌的，必須要跟注過莊後才可以看底牌。

這樣一來，後面要跟的話，第二輪看底牌，那至少要花六千以上了。而且如果玩家還剩三名以上的話，那還需要更多現金來維持，這樣就純粹是拿錢拼了！

接下來是朱永紅，稍稍猶豫了一下，還是數了一千塊跟下去，是暗注。

王大毛沒有了氣勢，因爲一開頭李爲起得太高，算也算得到，跟下去兩圈加上開牌，那得花八千塊，不敢再暗注，當即拿了牌悄悄看了看。

當真是那麼巧，他這副牌又是一對六，只是另一張是一個八，瞧了瞧其他人，李爲是第一家暗牌，第二家張思年扔了，朱永紅又是暗牌，想了想，他還値得一搏。

王大毛咬了咬牙，數了兩千塊錢放進去。

說實話，王大毛這個動作表情就已經讓人明瞭，他的牌並不大，因爲注額太大，到了他不敢輕易對待的地步，也就不知不覺露出了真實表情。

再下一個就是吳勇，他不敢下暗注，一兩百倒無所謂，但一扔就是一千塊，他也不敢隨便扔，拿起牌來，先是弄整齊了，然後才慢慢一張一張輕輕開出來，第一張是黑色的七，第二張是紅色七，先看到這兩張牌面，吳勇心裏便是一冷，這個牌面最大就只能拿到一對，這是理想中的最大牌面，然後是一對七，其次就是散牌了。

不過就算拿到對子，吳勇心裏也直是打鼓，注下得這麼大，隨便一跟，就得上萬塊才能跟到最後，如果不是大牌，跟著心裏也是上上下下的，哪裡會有底？

好在最後一張牌是個六，一副爛牌，上不沾天，下不沾地，不用費心思去想那麼多了。

在扔了牌後，吳勇才又想起，今天不知是怎麼回事，一點都沒有以往的氣勢，要是往常，跟那些工地工人玩的時候，隨便抓一副爛牌扔幾百塊進去，就能把他們嚇跑，但今天卻是拿對子牌都不敢上去，可真是怪了，這裏可是自己的地盤，這幾個人就四男一女，難道還怕了他們不成？

輪到王亮了，上一把被周宣偷了雞，一直心裏極是憤怒，只是臉上強行忍住而已，向來只有他戲弄別人的分，但今天他反被別人戲弄了，對周宣的怒氣比誰都強，心裏早下了狠心，今天不把他身上的錢弄個乾淨，乾脆連王都不姓了！

既然要鬥，那就要把氣勢鬥起來再說，等到他做了莊後，就可以讓吳勇做牌了，那時再讓周宣痛苦！

王亮也不看牌，數了一千扔進桌子中間，然後淡淡地向後面的人攤攤手。

他後面的是兩個工地工人，身上也就幾百塊錢，便是要跟也跟不了啊，這個時候指望的就是能拿一副超好的牌，然後找王亮借錢，能贏一把就不玩了。不過像這樣的心思，就是拿了對子、順子什麼的，也不大敢上，每一盤基本上就是花十塊錢買個鍋底，買個機會，不過這個代價對他們兩個來說，確實是大了些。

他們一個月也就兩千來塊的薪水，這可是幹苦力得來的血汗錢，就這樣輸掉，當然是不痛快。

兩個工人依次看了底牌，都沒有對子，滿臉失望地扔了牌，嘴裏喃喃低聲罵著。

然後就輪到周宣了。周宣冰氣一探，發現自己底牌的牌面是紅心九和十，居然拿了一副不算小的金花，沒有好牌時，能詐到雞，當真有信心時，好牌就來了。

周宣笑了笑，自然是不看底牌，數了一千塊放進去。

李爲這個愣小子還是不看底牌，仍然數了一千扔進去，周宣也不說他，反正自己有把握贏王亮這一幫人，也不在乎李爲瞎搗亂，其實這一把還全靠他在第一手就暗注了一千，讓後面的人無法輕鬆的過，也遂不了王亮幾個人的心意，當真是歪打正著。

朱永紅心裏冷冷一哼，他跟王亮的想法一樣，慢慢也冷靜下來，在他們的地盤，他們有人有手段，只要時間夠長，自然就能設下局，周宣這幾個人有多少錢都會落到他們手中。沒有什麼好擔心的。

沒有太多的表情，朱永紅又數了十張百元大鈔扔進桌子中間。

再接下來的，王大毛就有些傻眼了，因爲詐金花有個規矩，如果在局的玩家超過兩個，而且除了他自己外，其他玩家都是暗注的話，那他就不能看別人的底牌。這就逼著他，要麼是扔牌，要麼是掏著兩千的數目繼續往裏扔錢。

想了想上一次的情形，這才是第二把，其他人還都是暗著牌的，搞不好都是爛牌呢，尤其是周宣，這個人剛剛偷了雞！

王大毛咬了咬牙，又扔了兩千進去，才兩把，額頭已經在冒汗了。

又輪到王亮了，作爲在場一幫人的首領，他當然不能弱了氣勢，他們還有三個人在場，他和朱永紅的牌面還不知道，但至少王大毛的牌面還是有格，而周宣和李爲都是暗牌，又只有兩副牌，機率自然要比他們少一些，有什麼不敢鬥的？

想也不想的，王亮又扔了一千進去。

周宣自然是不給王大毛翻身的機會，估計只要自己一提牌看，他馬上就要掏錢看自己的底牌了，馬上又扔了一千繼續暗注。

在丟了暗注進去後，周宣又運起冰氣探測了一下所有人的牌面，下家李爲的牌面是爛牌，朱永紅的底牌也是一副爛牌，連單點都沒有花牌，最大的單牌只有十，王大毛的是一對六，最後測到王亮的牌時，周宣心裏便呵呵笑了起來！

當真是冤家路窄，這傢伙的底牌竟然是個順子，這個牌面可不算小了，僅僅次於自己的同花！

心裏有了底後，周宣便放出冰氣注意著王亮四個人，以免他們做小動作。李爲又扔了一千塊，根本就沒有看底牌的意思，朱永紅也跟著繼續放錢，王大毛已經栽進去了幾千塊錢，這時候自然也不肯鬆手，而且在牌面上，估計他一個人還是最有希望贏的，他咬著牙又放了兩千塊錢。

王亮眼睛瞇了瞇，心裡想著這樣搞下去有點吃虧，要是只有他和朱永紅兩個暗注，那也還好，至少不會比周宣這邊多掏錢，但現在他們那一方，王大毛每一把要多付出兩千塊錢，要是沒有人看底牌，那王大毛就得死死跟進去，要是後面他死了，那可就栽得狠了！

王亮想了想，不再暗注，拿起底牌，先疊整齊了，然後再看。

面上一張是黑桃，這是個好兆頭，就算是單牌，那這個也是最大的一張。

王亮深深吸了一口氣後，才緩緩將第一張黑桃掠開一丁點，首先露出了一絲黑色，心裏便是一喜，有可能是同花，然後又出現了一個半圓形，再弄開一絲絲，半圓形邊上出現一個小黑點，毫無疑問！

兩張牌的牌面已經算不錯了。有可能是同花順，有可能是同花，也有可能拿順子，或是拿對子，如果是散牌，這個牌面也能算散牌中很大的了。

王亮沒有先看花色，再繼續看最後一張牌，這一次，拉開一條縫後，首先露出的卻是一絲紅色。

王亮心裏一顫，有一絲失望，然後又想：最好是一張，這將會是他有可能拿到的最大的牌面，或者一對，不過最好的結果是大順子，這個牌面是最理想的。

王亮吸了一口氣，然後才又緩緩拉開了一點細縫，接著便看到了紅色的一豎，心裏不由得狂喜，心道，千萬別來十！

當再拉開一點後，便見到了紅色的一條斜槓，心裏咚咚跳了跳，然後努力鎮定了下來，他的牌面是大順子！

如他心意，王亮這時候心裏安定下來，先裝著猶豫不決的樣子，似乎是在考慮要不要投錢下去，這個動作可以表明，他手上的牌面不大，以一般人的想法，就算是有一對十以上的大對子，那錢也是毫不猶豫就扔了進去，他這個表情就是要讓別人以爲他的牌面不大，最大不過是一對小對子。

這個別人當然是周宣了。好在周宣完全知道他的底牌，就是想騙也騙不過他。

第一一〇章

一局定江山

周宣一開始表現出來的冷靜和眼力，
讓王亮幾個人有些警覺，怕做手腳的時候給周宣瞧出來，
吳勇做好牌後，周宣一直沒說話，又順利讓王亮發了牌，
心道：這一把將是一局定江山的時候了。

王亮做了一番猶豫不決的動作後，又拿著牌似乎要扔進桌中廢牌中去，然後咬了咬牙縮回手，仍然數了兩千塊錢放進去。

周宣毫不猶豫也扔了一千塊錢，暗注繼續。

李為就不再暗注了，因為王亮是看了牌跟的，有兩個人明牌了，王亮這個人不說，王大毛這個傢伙一看就是個馬仔，是個跟班，打手一類的，他可沒有那個膽量和財力，跟了二十塊的兩手，應該手裏也是有點牌的。

如果剩下的人還是全都暗注，李為也會繼續下去，拖都要把王大毛拖死，但王亮瞧出了這一點，這麼拖，他們可是要吃虧得多，所以開始看牌了，李為也就拿起牌看了，也沒有後悔，也沒有失望，直接把牌扔進廢牌中。

輪到朱永紅了，現在是他們三家鬥一個周宣，而且周宣是暗注，他們那邊又有王大毛和王亮是明牌，手裏的牌面無論如何都不會比周宣弱，心裏倒是安了，為了繼續勾引起周宣的賭性，朱永紅也仍然不看牌，暗注一千。

王大毛再也跟不下去了，決定看王亮的底牌，數了四千塊錢放進桌子中央，然後說看王亮的底牌。

王亮也由得他看，王大毛先是拿了王亮的底牌看了看，發現王亮的牌竟然是大順子後，心裏大大鬆了一口氣，因為他的牌面太沒有把握，要是輸了就慘了，但現在王亮的底牌這麼大。那最終的贏家應該就是他了，自己接近一萬塊錢到了他手裏，那也算是沒輸，還可以承受。

心裏安寧了，王大毛又開始做戲了，先是看了看王亮的牌，然後又瞧瞧自己的牌，好像是很願意相信的樣子，然後又瞧了瞧王亮，再瞧了瞧自己，好像是專門瞧一張單牌一樣。

周宣很清楚，王大毛這個動作就是一夥人經常做的配合動作。故意做的顯得他們底牌很小的表情來。

王大毛最終還是扔了牌，他趴了。

王亮淡淡笑了笑，這時候他也不裝了，就直接數了兩千塊錢放進桌子中間。

這時，桌子中間的百元大鈔已經堆了一大堆，至少超過了兩萬塊，瞧得一圈的多數人都眼紅不已！

周宣呵呵一笑，繼續數了一千塊錢放到桌子中，到現在，他扔的錢不到五千，因爲是暗注，占了大便宜，而王大毛和王亮扔的錢就不少了，這兩個傢伙是明注，那是要翻番跟注的。

王大毛看王亮的底牌死了後，場面上就只剩王亮、朱永紅和周宣三家了，而明牌又只有王亮一家。

從各自的心理上講，周宣是全盤明瞭，所有人都在他的掌控之中，而王亮自以爲他是場面中最大的，因爲他的牌面確實算極大了，而朱永紅和周宣兩個人又都沒有看牌，而且從頭到尾，他的人都在緊盯著周宣，不可能讓他搞到鬼。

這樣一想，王亮可是信心十足了。他不相信周宣暗注還能拿到比他更大的牌，朱永紅那兒賭的就是一個心理，也是賭的運氣，反正他跟周宣都沒看牌，誰大誰小都是靠運氣，更重要的是，他還有王亮這個底子，王亮是看牌跟的，而且還把王大毛的牌打死了，王大毛剛才做那番動作，他可是明白，王亮手裏面絕對是一副好牌！

有膽子又有底子，自然是跟得下去，朱永紅也一個勁地往裏添，王亮也自然不肯鬆勁，在場上，他自以爲是牌面最大的，贏定了的，又哪裡肯先看牌？

周宣是最願意看到這種情況發生的，加上朱永紅和王亮的，他基本上是一千塊拖他們兩個三千塊，又扔了一萬塊後，王亮和朱永紅就放進了三萬塊之多了。

看著桌子中間越來越多的百元大鈔，一桌子四邊的人又眼紅又激動，以往賭得再兇，又哪裡見到這麼猛的場景？

賭局要好，那還得有好角色，沒有好角色，你有再多的錢，沒人有膽量跟你猛賭，那場子一樣壯不起來。

不過，不管怎麼下賭注進去，周宣都不曾開口說要看王亮和朱永紅的底牌，那個樣子似乎是要等到王亮和朱永紅把各自面前的錢都投進去。

王亮的總數差不多是有九萬多，朱永紅的總數也有七萬多，而吳勇和王大毛各有兩萬的樣子，王大毛兩把就輸了一大半。

而周宣的錢是九萬，上一把贏了一萬多，總數是十萬多，他本身是十萬，開始拿了一萬給了張思年。

照現在這個情形下去，周宣是以一千賭他們三千，無論如何都是王亮和朱永紅先完，王亮在放了接近四萬塊的時候，面前的錢去了一半，心裏覺得有些不對勁了，想了想，就對朱永紅遞了個眼色。

朱永紅瞇了瞇眼，也就提牌看了，牌是爛牌，只有單最大。想了想，反正有王亮的大牌做底，也不怕，不動聲色地數了兩千跟下去，接著王亮也跟了兩千。

這時候，他們兩個都是明牌了，這個意思是有意看看周宣的反應，也是逼他看牌，如果看了底牌，估計就能瞧出表情了。

周宣不動聲色地又放了錢進去，現在，他可是一千塊拖四千塊，底牌又贏定了，再怎麼都要再拖他們一些錢進來。

如果是暗注的話，在這一局中的玩家如果還剩下兩個以上的話，那明家是不能看暗注的，所以王亮和朱永紅兩個人必須得有一個趴下死掉，剩下的一個人才能看周宣的底牌。

想著這樣拖下去也不是一個事，至少在桌面上要把朱永紅拖死，所以朱永紅不再跟了，而是數了四千塊看王亮的底牌。

朱永紅看了王亮的底牌後，不動聲色地把王亮的牌放回去，然後把自己的牌放進桌子中間的廢牌中，這個就表示他輸了。

這時只剩下王亮和周宣兩個人了，王亮底氣足得很，兩千兩千地又跟了兩手，周宣不再跟了，做樣子也是有個限度的，畢竟人家是看了牌跟注的，而他是暗注，人家死跟不開牌，那肯定是牌面不錯了。

周宣把牌拿了起來，他看牌的動作不像王亮那樣細細慢慢地一張一張地看，而是隨手拿到眼前一亮。

在他後面的鄭兵和傅盈瞧得清楚，是清一色的紅心九十，按規矩來講，這就是金花，是大的金花，牌面應該是極大了，只次於同花順和三條。不過同花順和三條能出來的機率太小了，幾乎可以忽略不計。

周宣沒有做什麼動作，表情上也瞧不出來什麼，微微笑著數了兩千塊放進去，說道：

「我跟兩千！」

王亮怔了怔，問道：

「你不開牌？繼續跟注？」

「不開！」周宣淡淡回答道。

王亮呆了呆，倒真是有些搞不透周宣了，從這個表情上他分析不出來什麼。

周宣卻在這個時候說道：「其實我的牌面不大，一開就輸，只能跟了！」

王亮心裏一動，當即想起了上一把周宣偷雞的事，狠狠一咬牙，認定了周宣又是在偷雞，加上自己的底牌大，嘿嘿一笑，也數了兩千甩進去，說道：

「我也開不起，只能跟了！」

接下來，兩個人便像鬥氣的公雞一樣，你一下我一下地又各自扔了一萬塊進去。

瞧著周宣毫不猶豫地跟進去，手都不顫一下，王亮忽然心裏一顫，有一種上了當，鑽進了陷阱的感覺！

這一下便遲疑了起來，說實話，暗注拿到金花的機率也不是沒有，只是拿到同花順和三條的機率是沒有的，像這樣子猛地跟注進去，到最後，不管是大牌還是小牌，都是會開牌的，要是跟進去的注碼太大，就算輸，那也是要花大錢看底牌的。

有了這種想法，王亮馬上想到，周宣又不傻，現在只剩下他們兩個人了，無論如何，自己都會看他的底牌的，但他還是一點也不猶豫地跟注，難道他傻得故意送錢給他們？

絕不可能！

王亮一想，就覺得不對勁了，一開始覺得底氣十足，但就在這一瞬間，王亮忽然有些害怕了，這種感覺他以往從不曾有過，因爲在一起賭的人，沒有任何人能從氣勢上壓倒他，但今天，從周宣一上場開始，他就沒有站在上風過。

但現在要王亮舉白旗直接投降那也是不可能的，因爲看底牌只要四千塊，而他扔進去的就差不多五萬了。桌面上的總數至少超過了十三萬，這一把，贏家就會拿走在場玩家財產總數的一半還多一點！

王亮額頭上冒出了冷汗，不過心裏還是頗爲鎮定，因爲他還沒有用手段，即使用手段行不通，或者給瞧穿了，到最後用強硬的手段把錢留下，不說贏錢，至少他們不敢把錢要回來。再說，賭桌上，誰知道哪些錢是誰的？

只要手底下硬，就不怕周宣這夥人不服軟，不服軟也要打到他們服。不過，他不希望走到那一步，最好的結果就是，王大毛和吳勇幾個人在自己的掩護下，做好牌局，一把就能把周宣等人的錢贏個乾淨！

想了想，王亮數了四千塊慢慢放進去，陰沉著臉色說道：

「我開牌！」

說這話的時候，王亮心裏有種強烈的感覺，自己會輸！

周宣淡淡笑著把三張底牌翻過來擺著，紅心九十！

因爲王亮已經有預感了，所以只是嘿嘿冷笑了一陣。而吳勇和王大毛以及朱永紅三個人就呆住了，王亮的大順子竟然輸了，這可是有些意想不到！

吳勇和王大毛都拿眼瞧著王亮，看王亮有什麼表示，是繼續賭呢，還是讓他們動手趕人，把桌上所有的錢都歸為己有。

但王亮只是陰沉著臉嘿嘿冷笑，一句話不說，由得周宣把十三萬多收到自己面前，錢太多，周宣也不數，直接就收攏了堆在面前。

然後，周宣繼續洗牌，兩個工人就退了場，這個場合他們清楚地認識到，自己是不可能贏到別人的錢的，因為本錢不夠，而且，連他們的老闆王亮和朱永紅都輸了錢，自己又怎麼好再開口借錢？即使借錢，最多也只會借給他們兩三千，這個數字又有什麼用？像周宣他們下的注，就只夠跟一次，要再開牌都不夠，說白了，他們再賭下去，那就是有多少輸多少，絕對贏不了錢的。所以兩個人乾脆不玩了，在旁邊看看也算刺激。

周宣發牌的時候，還特意問了一下張思年：「我看你也不用玩了吧？留著錢當生活費，吃了喝了還好！」

但張思年滿臉的豔羨，眼光瞧著周宣面前的那一堆錢直閃光，又哪裡肯收手，訕訕地道：「周老闆，發牌發牌，我也想贏一票呢！」

周宣嘆息了一聲，輸錢都只為贏錢起啊，瞧王亮一夥如狼似虎的，他們這種人又如何能贏走錢？像張思年這種性格，就算不遇到王亮，那也會跟張亮，吳亮，周亮賭，那還是有多少輸多少的份！

周宣洗好了牌，然後請王亮切牌，因爲他上家的那兩個工人不敢玩了，上家就是王亮了。

王亮瞇了瞇眼，從牌面上拿了一張牌放進桌中。

這有個名堂，叫做「揭皮」！按玩家的話說，就是要揭你的皮！周宣自然是不管這些，挨個發牌。現在少了兩家，桌面上就只有七個人了，按玩金花的人數來說，也還是不算少，但他們這個又有點特別。

因爲周宣和李爲是一夥的，只能算一家吧，而王亮跟吳勇、王大毛、朱永紅是一夥，他們也只能算一家，剩下的張思年算單獨一家，所以嚴格算起來只有三家人玩，這樣算就不算多了。

發完牌後，由周宣的下家發話，李爲依然又是扔進去一千塊。他的下家是張思年，嘴裏喃喃地念著，心裏極不爽快，遇到李爲這麼個莽夫，實在沒辦法，在他下家真是吃虧！

張思年可不敢暗注，他手中就只有一萬塊，這樣跟下去，要不了幾手，他那一萬塊就沒了！當即拿起三張底牌來到眼前，遮住了方向，只他一個人偷偷看到。

看了看，張思年忽然手一顫，然後仔細再看了一下，隨即把牌合攏來壓到桌子上，壓牌的左手有些顫抖，右手卻是哆嗦著數了兩千塊錢跟進去，他是明牌，跟注就要翻一番。

張思年這個動作，任誰都瞧得出來，他手上的牌面是有數的，不會太小。周宣把冰氣探出去一測。張思年的牌面確實不小，竟然拿到了金花，而且是方塊四七十，難怪他那麼激動！

張思年的表情太明顯了，這個動作幾乎讓所有人都瞧出來他有牌了。

朱永紅不傻，張思年可不比周宣，如果是周宣，他會暗注拼一拼，但張思年肯定是有牌了，否則像這個場合，他沒牌根本就不敢跟注。

朱永紅也拿了底牌瞧了瞧，又是爛牌。不同花色，最大的是個對子。想也不想地就扔了牌。這樣的牌去詐雞的話，太危險，因爲遇到的是張思年這種不詐雞的人，他是會看底牌的。

接下來，王大毛和吳勇也都提了牌，然後也都扔了牌，牌面不好，也就不跟。

王亮倒是思索了一下，提牌還是看牌，先是瞧了瞧周宣，不管怎麼樣，現在他只認周宣才是他的對手，張思年對他沒有威脅，就算他這把拿了一手不差的牌面，但後面王亮有的是辦法把張思年打趴。

這樣一想，王亮就數了一千塊錢放進去，暗注。

王亮想扔一千塊來試探一下周宣，看他是暗注還是提牌，要是周宣也暗注的話，那就拖也把張思年拖死了，因爲，只要場面上的玩家超過三個，明牌的那一家是不能看暗注的底牌的。

周宣在王亮下暗注後，猜到了王亮的心思，要是自己也暗注，後面還有李爲，那就拖死張思年，只需要再幾次，張思年就沒錢了。

周宣笑了笑，對張思年他倒是沒有什麼再同情的必要了，給他一萬塊和他老娘那兩萬塊不爲別的，只爲了他家那筆筒裏的秘密。雖然自己不打算去找這個寶藏，但總歸是個寶藏圖吧。

周宣運起了冰氣，又測了測王亮的底牌，這一測，不由得一驚，好傢伙！這傢伙居然拿到了一副黑桃十的大同花。這個金花的牌面很大，比他上把都大得多，看來真如人所說的，贏家就是贏家，張思年啊張思年，你就是怎麼手氣好，也是個輸錢的份！

周宣又測了測自己的牌，冰氣一過，立即知道了底牌，方塊四。梅花七梅花九，最大的就一張九。這牌就沒必要暗注了，因爲知道王亮的底牌了，再暗注或者明注，王亮都得開他的牌，跟上一把一樣，而且還把張思年拖死了。

周宣拿起牌隨便瞧了瞧，淡淡一笑，隨後把牌扔進了廢牌中，說道：

「我不跟了！」

王亮心裏一鬆，又高興又失望，高興的是周宣一扔牌，他的壓力就沒了。但失望的是，周宣棄牌了，他跟別的人也沒什麼好鬥的，就算贏，那也贏不到多少錢。

周宣一扔牌，李為也不暗注了，抓起牌瞧了瞧，惱了一聲：「媽的，淨是廢牌。」然後扔了牌。

這麼一來，這一局就只剩兩家了，就是張思年和王亮。

張思年又激動又興奮，哆嗦著手又數了兩千塊放進去，說道：

「再跟兩千。」

王亮面對張思年就冷靜了許多，淡淡道：

「張思年，不看我的底牌嗎？」

張思年搖搖頭道：

「不看不看！」

王亮便知道，張思年確實有牌，心想：反正他也才扔一千塊錢的暗注，無所謂，這時候再提牌一看，當看到底牌居然是黑桃十的大金花時，眼睛不禁瞇了瞇，拿著牌在手裏裝作猶豫了一會兒，然後便數了兩千塊錢放進去，說道：

「張思年，你看不看我的底牌，我是不看，再跟你拼幾手我就扔牌，反正看底牌我也是輸。」

王亮這虛虛實實的話意，張思年一聽就認為王亮是在偷雞，因為他自己手裏抓的是大牌，任憑王亮怎麼玩，他都會跟注，所以也笑笑道：

「那就拼吧，我也不看，跟了！」

說著，也數了兩千元推到中間。不過他臉上的笑容卻是緊張的笑容，看起來一點也不輕鬆。

賭錢吧，當真是有心栽花它就是不發，無心插柳卻是柳成了蔭。王亮是這種想法。

微微笑著，王亮又數了兩千塊放進去。

說實話，張思年從在這兒玩牌以後，打心眼裏就對王亮一夥人很忌憚，看王亮不動聲色地又放了兩千，心裏就直打鼓了。

如果張思年手裏錢多，那也無所謂，至少還要再跟幾手，但現在跟了三手暗注，已經六千塊錢了，刨除三次鍋底，手上的一萬塊錢就只剩下了三千九百七十塊，就算看王亮的底牌，那都還差三十塊錢，跟是不敢再跟了。

張思年抹了抹額頭的冷汗，然後把面前的錢全部推出去，說道：

「王頭，我這兒還有三千九百七十元，差三十塊，看你的底牌，行不？」

王亮笑了笑，要是偷雞就肯定不行，不過估計自己是贏了，要這時硬是不答應，那也顯得自己太小氣了，就三十塊，又不是一千兩千的，無所謂。

「行，看就看吧！」王亮淡淡說著，然後把牌翻過來攤在桌面上。

張思年卻是先嘿嘿笑著把牌翻過來，說道：「不好意思，我是方塊四七十。大金花！」說著，就準備伸手把桌子中的錢撈回來，卻瞧見王亮伸手把錢按住了，怔了怔道：「王頭，你這是什麼意思？」

「什麼意思？」王亮笑笑道，「賭局有賭局的規矩吧，你怎麼就不看清楚我的底牌呢？」

王亮的話讓吳勇、王大毛、朱永紅都是哈哈大笑起來。

張思年倒是一怔，趕緊瞧了瞧王亮攤在桌面上的底牌，一瞧竟然是黑桃九十，這麼大的金花，一時間傻了，好像被大鐵錘狠砸了一錘一般，好一會兒才省悟過來，卻又如一盆冰涼涼的水倒在了身上，從頭涼到腳！

一萬塊錢還沒揣熱乎，才三把牌就輸了個乾淨！

張思年呆了半晌，然後又哭喪著臉瞧著周宣說道：「周老闆。要不您再借我一點？再借一萬？」

李爲喝道：「就你那樣，還借呢？借了你還是輸，輸了拿什麼還？」

周宣擺擺手，制止了李爲，淡淡道：「要借也不是不可以，這樣吧，你打個借條，不過我不借給你，我借給李爲，你再跟李爲借，而且不借一萬，要借就借十萬，如何？」

張思年呆了呆，聽到這話，不僅僅是他一個人發呆，桌邊的其他人也都愣了。張思年的底細，王亮他們都知道，要借給他十萬，那不是肉包子打狗，有去無回嗎？不過，要是真這樣，對他們來說倒是好事，至少他們可以輕易地從張思年那兒把錢贏走。

當然，他們不知道李爲的底細，要是明白了就不敢這麼想了。周宣是清楚的，這錢借給張思年，那絕對會輸個乾淨，但他欠的卻是李爲的債。

李爲是什麼人？李爲隨便說句話，便會有大把的人吹捧拍馬獻殷勤，張思年要是欠了他的債，被李爲吩咐下去，那還不把他逼得死去活來？所以周宣想，要逼張思年，就得讓他的債務欠得越大越好。這才一開口說借就借十萬，債務大，才好逼得張思年脫不了身，以後還不得乖乖地聽李爲的整治。

憑李爲的手段，也許可以幫張思年戒了賭，倒也是一件好事。瞧張思年的老媽，真是挺可憐的。

張思年呆了半晌，隨即興奮得不得了。人家要借十萬塊錢給他，這樣的好事哪裡去找？管他是誰借的，反正寫一張借條，向誰借的都一樣。發了大財就還，發了小財連本錢都不還，這十萬塊錢到了他手裏，那就是老天爺白送的，管他誰的！

王亮是包工頭，紙筆印泥一應俱全，叫了吳勇找出來。

張思年笑容滿面地寫了借條，最後又問了問：

「呵呵，再問一下，小哥叫什麼名字？」

李爲沒有做聲，但他已經猜到了周宣的意思，冷冷道：

「李爲，李世民的李，爲難的爲。」

張思年笑呵呵地把名字寫了，然後再簽了自己的名字，又在名字上摁了大拇指印，隨即把大拇指上的印泥擦乾淨了，這才把借條遞給周宣。

周宣略略一看，隨手又遞給了李爲，然後從面前數了十萬給他。

周宣從一開始就贏錢，自己帶來的十萬只給了李爲一萬，還有九萬。連銀行的封紙都沒開，剛好就給了張思年九疊，然後又數了一百張散的百元鈔票。

張思年還從沒擁有這麼多錢過，興奮得不得了。周宣和李爲從他的表情上就知道，這傢伙絕對沒有想要把這筆錢還回來的意思。李爲只是冷笑，現在不用說，等後面再來好好整治他。

數好了錢，王亮笑道：

「好了吧？好了我就開始發牌了！」

在周宣跟張思年糾集的這一陣子，吳勇早拿了中間的牌一直洗著，李爲和張思年都沒有注意，鄭兵和江晉也沒注意，因爲他們也不太懂這個。

有人洗牌也是很正常的，因爲最後，還有贏家還要再洗牌的。

傅盈倒是暗暗注意到了，吳勇在洗牌的時候，卻是有意把其中一些牌分了順序，這手法很熟練，也很快，不注意根本瞧不出來。

傅盈輕輕在周宣背上用手指按了按，周宣自然知道，早就用冰氣在注視著一桌子人的動靜，吳勇搞的小動作完全落在了他的腦子中，被冰氣像攝影機一般全部看了個透。

按照吳勇洗牌裏設好的順序，周宣測到他設置了三副好牌，不僅僅是好牌，而且是超級大牌，是三條，三條，三條，因爲吳勇擔心給瞧出來，所以也沒弄更多的牌，只設了三副，然後又在牌上端岔開了一個分界口，分界口上面只有十來張牌。

別人都沒瞧出來什麼，周宣早瞧得仔細，也沒出聲。

然後就是王亮洗牌，王亮的動作很快，拿起牌來刷刷刷地洗著。周宣注意著他的動作，看起來他洗得很快，其實他始終只挪動著最下面的十來張牌。

這樣子洗了兩遍後，王亮把撲克牌攤在左手，讓上家吳勇切牌。吳勇順手就切了自己早就安好的那個分界口處，王亮洗牌洗的只是下端的一點點，上端吳勇留的那個分界口，他可是一點都沒動過。

吳勇拿了那十來張就扔進桌子中間，桌子中間還有七個人的七十塊鍋底。

王亮接著就開始發牌，第一家就是周宣。周宣用冰氣探測著，他發給自己的是一張小牌，心裏就估計了，看來吳勇是預計讓他自己拿三條，不知道三條是李爲拿呢，還是張思年拿，不過三條肯定就是他們四個人中之一了，估計最有可能的就是王亮拿，因爲他是頭。

第二個是李爲，王亮派出來的牌是一張梅花七，周宣就知道三條肯定是要派給張思年了，因爲剛剛借了十萬塊錢給他，有錢嘛，自然是要整治他的。

果然，第三張派出去給張思年的是三條。然後，周宣又探測著，三條沒有到朱永紅手上，也沒有到王大毛手上，吳勇也沒得到，最後發他自己的時候，是那張了。

一直到王亮把牌派完，周宣測得清清楚楚，王亮拿了三條，李爲是爛牌，張思年是三條。朱永紅和吳勇、王大毛三個人都是爛牌。

這一把牌，吳勇做手腳的時候，王大毛和朱永紅都知道，這在以前也搞過多次，這一把按照牌面來講，那是要鬥個傾家蕩產，鬥個你死我活了。

牌面是他們贏定了，不過周宣一開始表現出來的冷靜和眼力，讓王亮幾個人還是有些警覺，怕做手腳的時候給周宣瞧出來，但吳勇做好牌後，周宣一直沒說話，後面又順利讓王亮發了牌，他們一夥人的心便都定了下來，心道：這一把將是一局定江山的時候了。

周宣自然知道一切，淡淡的沒什麼表情。

然後又輪到周宣說話。他想了想，還是沒看牌，然後數了一千放進桌子中間，仍然一下子把注推到了最高點，暗注一千。

李爲感覺到氣氛有些不對，不過對周宣實在是很有信心，前兩天看他玩的那一手魔術，如果現在用在這個賭局上，那還不是小菜一碟啊？對方拿到再好的牌面，周宣都能將他們的牌變沒！

不過，李爲也沒有完全弄懂周宣的意思，自己看了看底牌，竟然是副散牌，最大的就是一個八，看來今天是不適合玩牌的，一點手氣都沒有，哼了哼，便把牌扔了。

雖然不在乎這點輸贏，但老是輸，任誰也高興不起來。

輪到張思年了，這一下他有了十萬塊錢在手中，當然心不驚肉不跳了，大大方方地數了一千塊進賭池中，暗注跟上。

朱永紅、吳勇、王大毛三個人也都看牌了。因爲知道王亮是最大的牌，又做好了局，他們的牌就算碰巧拿到好的，那仍然是輸，沒必要多搭進去，要把錢省下來給王亮湊數。

三個人都是看牌扔了，最後是王亮，心裏有數，當即數了一千放進去。

場面上就只剩下王亮、周宣、張思年三個人了。

周宣更不說話，只是放錢，然後是張思年。別看是借的錢，但張思年賭起來一點也不手軟，三個人你來我往的，一千一千地扔了二十多下，每個人都放了差不多兩萬五。

張思年在放了兩萬五後，自己的錢差不多也少了四分之一了，心裏哆嗦了一下，也不敢再暗注下去，喘了口氣後便拿起了底牌，然後屏住呼吸慢慢看了起來。

第一張是黑桃，挪開一點點牌角，露出的是一絲紅色，心裏涼了一下，心想金花就沒了，只能求一個大順子了，有個大順子那也是贏面極大。

再挪開一丁點，半圓形的圈邊有一個小紅點，心裏一怔，這又是一個紅心，順子是拿不到了，不過有一對也還算是可以，這個對子也是大對子了，而另外兩家，王亮和周宣又都是暗牌，諒他們也不可能有太好的牌。

張思年這樣想著，隨便就把最後一張牌露出來，最後一張牌卻是一張方塊！

張思年呆了呆，隨即才想起來，手裏的牌面竟然是三條，天牌啊！

本以爲是一對，卻來了三條，老天爺要他今晚發大財了！

張思年臉色一下子充血了，紅得跟豬肝一樣紫，氣也喘不動了，差一點就要窒息，好不容易才穩定下來。

吳勇和王大毛、朱永紅、王亮四個人是知道的，就算不知道，張思年這個表情那也是抓了一副超級牌面的樣子，又哪裡瞞得了人？

周宣是淡然。李爲則是心中冷笑。瞧他這個樣子，有好牌就激動成這個樣子，能贏到錢嗎？

張思年好不容易才鎮定下來，然後哆嗦著手，放了四千塊錢。

王亮提醒道：「張思年，你放多了，是兩千，你現在就算要看我們的底牌也看不到，我們是暗注呢。」

張思年一扭脖子，粗聲道：「誰說我要看牌了，多兩千就多兩千，下把輪到我再跟！」

王亮臉一沉，手一拍桌子，佯怒道：「張思年，你想偷雞啊，好啊，我奉陪到底，你偷雞我就暗注，看誰扛得住！」

說著，王亮放了一千塊進去。

王亮的這個舉動就是故意刺激張思年，讓他更死心塌地的跟進去。

其實不用王亮刺激他，張思年在看了底牌後，心裏早激動得恨不得一下子把自個兒的錢都搭上，押進去。

周宣淡淡笑著，依舊數了一千跟注，不動聲色。

周宣的這個表情讓王亮害怕。要不是這一把是吳勇做了局的，王亮還真有些心虛，但現在心裏踏實得很，他的底牌是最大的，吳勇在做好局後，私底下給他用大拇指做了個手勢，最大的。

這樣又跟了五手，周宣和王亮一人五千，張思年卻是一萬，不過他心裏不慌張，就是再多也要跟，因爲底牌大，心不虛。

王亮想了想，笑說道：「我覺得這樣跟下去沒意思，懶得數錢。反正大家都不想起牌，這樣吧，我跟周老闆一人放兩萬五，張思年放五萬，怎麼樣？」

因爲他跟周宣是暗牌，張思年要跟的話就得翻番，漲一倍的注額是正數，這樣便把慢慢下的注集中到一次了。

周宣笑笑道：「我無所謂。兩萬五就兩萬五吧！」說著就數了兩萬五出來，王亮也數了兩萬五。

張思年瞧著一大堆的錢，心裏早激動得不成形了，反正都將是他的錢，那當然是越多越好，自然是不反對的。當即點頭同意，數了五萬放進去。

放了這些錢後，張思年手中還有一萬五左右。

然後周宣就看牌了，當然也只是表面動作，在看到是三條後，周宣面無表情，放下牌後，就又數了兩千跟進去，也不說話也不扔牌。

周宣的這個樣子，讓張思年覺得他是強行在跟，因爲賭池中將近有十六萬多了，不管是什麼牌，那都得硬著頭皮跟下去。

第一一一章

如意算盤

朱永紅頓時嚇得不敢動彈，
生怕一動，自己也變成了那個樣子！
張思年也嚇傻了，沒料到傅盈都那麼厲害了，
這兩個人同樣絲毫不弱，瞧這個樣子，周宣說他贏了，
旁人沒法反對，那自己的如意算盤也打不響了！

張思年自然是不會先看周宣的底牌的，再跟了兩千。

王亮還是不看牌，仍然暗注。周宣笑笑，又數了兩千放進去，還是不說話。

張思年沉不住氣了，問道：

「周老闆，你不看我的底牌嗎？」

周宣看都沒看他一眼。張思年一氣，又扔了兩千進去。

周宣淡淡道：「張思年，你覺得你的底牌很大吧，那好，我遂了你的心意，你手上還有多少錢？我們局外賭了這些錢，誰的底牌大誰拿錢！」

張思年一怔，他手上還有一萬三，周宣說這個話，使他猶豫了一下。

周宣又道：「如果你以為絕對會贏，那又何必在乎？賭多少，你都會拿回去，如果會輸，那遲早就是輸。我想，你擔心的是，你要是輸了，後面哪裡還有錢開牌吧？」

周宣這話還真是說到了張思年心裏頭，他正想著，要是出了意外，那他哪裡還有錢再來開牌呢？

「真是笨得可以，你也不想想，你都輸了，還要去開別人的牌？」李為在一邊冷冷地嘲諷著。

張思年又一愣，心想，還真是這麼回事啊，自己都輸了，哪還用開牌？

「好，我還有一萬三，賭就賭！」張思年一咬牙，把剩下的錢放到邊上。

周宣也數了一萬三推過去，跟張思年的錢放在一起，然後說道：

「我也懶得看你的牌了，你看我的底牌吧，你贏了你就拿錢，再麻煩你把我的牌扔中間的廢牌中去！」

周宣這話說得好像他輸了一樣，也不在乎這些錢，就衝這表情，說實話，王亮還真佩服，要不是自己心裏有底，還真不敢跟周宣拼下去。

王亮一直是微笑著瞧著，也不反對，周宣和張思年無論誰贏誰輸，到最後，贏的那一家都要把錢輸給他。王亮知道自己的那一手牌是最大的，但還搞不清楚周宣和張思年兩個人誰大，但在心裏面，王亮是希望周宣的底牌大一些，因為周宣手中的錢更多。周宣贏了自己，還可以贏更多的錢，如果是張思年贏了，那他就算加上現在贏周宣的一萬三，那也只有兩萬六，不如贏周宣來得刺激。

周宣做得大方，說得無所謂，張思年也就不客氣，一伸手把周宣的底牌拿起來，還注意了一下左右，不讓別人看到，仰了頭放到眼前。

這一看卻是把他弄呆了！

這個動行幾乎是僵硬了二十秒！可是不相信也沒辦法，這三條是大過他的三條的，不過張思年就是沒辦法相信，甚至是想發狂了！

十萬塊錢拿過來，只一盤居然就輸了個乾淨，一分錢都沒留下！

張思年甚至想賴周宣出千，想反悔，但一瞧傅盈冷冷的表情，他不敢說出這個話來，而且他們還有四個男人，自己一個人如何打得過？瞧現在這個樣子，王亮這一夥人肯定是不會幫他忙的！

張思年舔了舔嘴唇，蒼白著臉把周宣的底牌放回去，然後把自己的牌放進了廢牌中。之所以最終安靜下來，張思年是想著，周宣這個人好說話，跟他也沒有什麼交情，但就借給了他十萬塊錢，起初還白給了他一萬塊，要是等會兒他贏得多了，再跟他借個十萬八萬的，也好開口說話。

周宣把單賭的兩萬六收回到了自己面前，然後對王亮道：「王老闆，就剩我們兩個了，你說話！」

王亮在周宣贏錢的那一刹那，心裏爽快到了極點，心想：終於如願以償了，這一把無論如何得把他打死，讓他早死早投胎！

「周老闆，就剩我們兩個人了，我覺得慢慢跟注沒什麼意思。誰也不說誰看底牌，我想這樣好不好，咱們倆數一下各自面前的錢，有多少就放多少，然後開牌，可不可以？」

「好！」周宣一口應允！

然後周宣和王亮都各自數了起來，周宣除開借給張思年的十萬外，前後還贏了六七萬，剛剛又贏了張思年一萬三，除了下注接近三萬後，手中約有五萬。

王亮手頭大約還有兩萬。但吳勇手裏還有接近兩萬，王大毛的輸完，朱永紅還有四萬多，湊攏來一共還有八萬。

傅盈把皮包取出來，拿了三萬塊整數給周宣，說道：「我這兒還有三萬！」

周宣接過這三萬，湊起來剛好八萬塊，桌子中間已經下了十七萬多了，再加上周宣和王亮這最後一搏，十六萬加上十七萬多，一共是三十三萬多了！

旁邊除了傅盈和李爲、鄭兵、江晉這幾個人外，其他人都是緊張得不得了，一盤賭了三十多萬，這個也夠刺激到了極點！

不過鄭兵和江晉一點也不意外，在雲南便見到周宣動不動就是幾千萬的收入，這一丁點錢算什麼？

兩人把錢都推進賭桌中間的錢堆中，笑了笑，各自一攤手。

周宣倒是先開了牌，說道：「我是三條。」

王亮笑了笑，伸手把牌一翻，說道：

「周老闆，不好意思啊，我的底牌也是三條！」

張思年在聽到王亮說他的底牌也是三條時，頓時恍然大悟，心知中了他們的局了，早在家裏時就見周宣說起過，王亮就是做局騙了他，怎麼周宣此時依然中了局？

不過王亮在掀牌後，卻是呆了呆！

因爲他掀開底牌後，自己的牌卻只有一張，就一張黑桃，其他兩張牌呢？

而對面，周宣的牌卻是清清楚楚，明明白白擺在桌面上！

王亮一急，站起身四下裏瞧了瞧，到處都沒有牌，吳勇也是詫異不已，因爲王亮發牌過後，這三張牌就沒動過，包括王亮自己都沒有動過，怎麼會不見了呢？

周宣淡淡道：「王老闆，這牌是你洗的，你發的，咱們其他人都沒動過牌，你自己的牌少了，那又怎麼算？按規矩，是不是我贏了？」

按規矩來說，當然是周宣贏了，因爲王亮是洗牌發牌的，別人沒動過牌，牌多牌少，他的牌都沒用處，是不能算數的，只能是別人贏。

但這一局，王亮又如何能讓！

呆了呆後，王亮隨即兇相一露，喝道：「慢著，老子本來三條最大，肯定是剛剛放錢時帶進中間廢牌中去了，等我找出來。」

張思年卻是一喜，訕訕道：「王頭，我看這一局還是算了吧，反正都是我們三個人的錢，各自還回來再接著玩吧！」

張思年心裏有了一絲希望，倒真希望這一局不算數，那他還能退回八萬多塊錢呢！

王亮衝他一指手罵道：「你他媽給老子住嘴！」

周宣冷冷瞧著他，沒有出聲。沒說話沒指示，李爲、傅盈、鄭兵和江晉當然也不出手。

王亮把廢牌全拿到手中，然後翻過正面來，一張一張地清起來，但加上他和周宣的牌，一共才四十八張牌，除掉大小鬼牌，應該還有五十二張牌才對，現在只有四十八張，總數就是少了四張！

王亮呆了呆，再清清牌面，卻怎麼也找不到，裏面的撲克牌，就缺了三張三和一張梅花二！

王亮和吳勇、王大毛、朱永紅都有些發怔，這牌去哪兒了？他們一直都緊盯著周宣這幾個人，也知道他們沒做任何手腳，得的牌也是他們做好局的牌面，這個問題究竟出在哪裡呢？

王亮呆了半晌，想不出所以然來，然後忽然道：「這牌少了四張，這局不算，退回我們三個人的錢再來吧。」

張思年大喜道：「好好好，我就說嘛，少了牌，這賭局當然不算，退錢退錢！」

周宣伸手一攔，淡淡道：「王老闆，我想不妥吧，那牌是你發的，洗牌的人也是你，別人都沒動過牌，挨都挨不到，按照規矩來說，這一局是我贏了吧！」

王亮一橫，道：「什麼規矩不規矩，在這兒我就是規矩，牌少了幾張，算什麼算？」

周宣笑笑道：「王老闆，恕我直言，這一局牌，從頭到尾，你都是暗注，牌都沒看過，我跟你談最後各加八萬的時候，你都沒有提，我是明牌，你是暗注，你應該要比我少出一半的錢吧？這麼大一個漏洞你都忘了？」

王亮一怔，吳勇也是一呆，確實是啊，都是老賭徒了，怎麼就忘了？可能還是看到賭桌上錢太多，一時太激動，因爲知道要贏，還真忘了！

「王老闆！」周宣冷嘲道，「不看底牌就知道你自己是三條，那只能說明一個結果，你出千了！」

這話是事實，王亮確實出千了，但出千似乎出過頭了，把贏牌的撲克都弄不見了！

吳勇和王大毛、朱永紅三個人都站起身抖著，又到處瞧著，來找那幾張牌，但無論怎麼找，仍是找不出來。

李爲在這個時候明白了，肯定是周宣把牌變走了，心裏直樂樂。

周宣微微笑著伸手收錢，王亮卻是又一伸手攔著，惱道：

「誰他媽也不准收錢，老子就是三條，這錢都是老子的。」

周宣笑笑道：「姓王的，我忠告你一句，如果你爽快地認輸了，那也就算了，否則你會有大麻煩！」

「×你媽！」王亮怒道，伸手收錢，同時又對王大毛和吳勇道：「看著幹嘛，還不動手揍他娘的！」

王亮這樣說時，驀地裏覺得手指劇痛，「哎喲」一聲喊！

原來他拿錢時，一雙手被搶上前的鄭兵抓住，將十根手指都扭斷了，然後又被提起來扔了出去。

王亮幾乎一百四十多斤的身體騰空飛了起來，然後摔在五六米外，「啪」的一聲響，這一下摔得喊也喊不出，動也動不了，癱在了那兒！

王大毛和吳勇發一聲喊，從邊上撲了過來，江晉早迎了上去，「喀嚓喀嚓」幾下，這兩個人手腳就都給扭脫了臼，躺在地上直叫喚，動彈不得！

朱永紅見在這一剎那間，他甚至都沒有看清楚，自己這一方三個人就都躺在了地上，頓時嚇得不敢動彈，生怕一動，自己也變成了那個樣子！

朱永紅還算聰明，他沒動手，江晉和鄭兵也就沒動手，傅盈更是動都沒動。

另一邊，張思年也嚇傻了，沒料到傅盈都那麼厲害了，這兩個人同樣絲毫不弱，瞧這個樣子，周宣說他贏了，旁人沒法反對，那自己的如意算盤也打不響了！

朱永紅傻了一陣，然後趕緊退到後邊，邊退邊搖手道：「有話好說，有話好說！」

這時，守門口的那個大胖子一見屋裏打了起來，趕緊向著外面打了一個口哨，然後就衝了進來。

江晉毫不猶豫迎了上去，與大胖子面對面時，倆人看似是兩個極端。江晉身高約一米七，身材瘦削，而那大胖子身高幾乎有一米九以上，身高體胖，像一座大山一般。

倆人一對面，大胖子一雙大手便像蒲扇一般蓋了下來，照旁人看來，這一下如果打到江晉頭上，那他可成了一灘爛泥！

可想像歸想像，事實歸事實。大胖子一雙手壓下時，江晉是怎麼出手的，除了傅盈和鄭兵，其他人都沒看清楚。

大胖子雖然身高體壯，但鄭兵早瞧出來，他並沒有接受過任何訓練，也不會武功，只不過長得高壯有力，所以鄭兵一點都不擔心。

江晉只是動作極迅速地踢了大胖子膝蓋一腳，大胖子一痛，隨即跪倒，江晉隨即又猛踢了他右手肘處，大胖子雙手就給踢脫臼了，膝蓋又劇痛不已，滾在地上站不起來！

朱永紅是唯一完好無損的一個人，但此刻卻是屁都不敢放一個。因爲他們最具威脅的三個打手都躺在地上，站都站不起來，而且怎麼被打倒的都沒看清楚！

周宣瞧了瞧他們幾個人，隨手找了個袋子把三十多萬現金裝了起來，然後對李爲說道：「李爲，現在交給你了，你要怎麼玩？」

李爲呵呵一笑，說道：「那好！」

門外呼喊連連，又湧來十多個手持鋼條鐵棍的壯漢，都是和王亮和朱永紅一樣的鄉下人，大胖子一個口哨，立即都奔了過來。

鄭兵閃身擋在了周宣前邊，江晉毫不閃躲地迎上這一幫人，因爲他們是從門口進來的，一下子也不可能進來太多，基本上是進一個江晉打倒一個，一連十多個都密密麻麻躺倒在門口處，呼天叫地地喊痛。

其實江晉並沒傷到他們要害，只是把他們手腳踢脫臼而已，這些人都是普通人，不會武術搏鬥，要有也只是有些蠻力，江晉要對付他們自然是手到擒來，不在話下。

王亮和朱永紅的人都被江晉解決了後，朱永紅更是不敢有絲毫動作，生怕引來江晉的兇狠出手。

這個時候，場面都被江晉一個人出手鎮住了。

李爲笑呵呵地對躺在地上的王亮說道：「王亮，我給你個機會，說吧，你還有什麼靠山都儘管叫過來，如果不叫，那我們就走了！」

王亮又驚又疑，驚的是周宣這兩個打手竟然這麼恐怖，幾乎就像電影裏那種身手高強的武林高手一樣，自己幾十個壯漢，不到幾分鐘就被他一個人打倒了！而又懷疑的是，李爲竟然又叫他打電話求救，他會有這麼好的心？

李爲笑了笑，從他身上掏出一個手機，然後又丟在他面前，說道：「打電話，給你機會！」然後轉頭對張思年說道：

「張思年，現在再來談談你我的事了。你欠我十萬塊，你說怎麼還？」

張思年一怔，沒想到李爲的矛頭馬上就轉到了自己身上，怔了怔才訕訕道：「李哥，這，錢暫時是沒有，以後我賺到了就會還你了！」

張思年這話一聽就是順口打哈哈，誰都瞧得出來，他半點誠意都沒有，更沒有以後賺了會還的意思。李爲不是傻子，嘿嘿笑著。

王亮躺在地上，李爲給了他機會，哪有不用的，趕緊拿起手機撥了一個號碼，電話一通，王亮急急地就說道：

「成哥，快過來幫忙，我的賭局被幾個人踢了，有三十多萬，我給你一半……好好好，全部給你。不過我告訴你，成哥，對方有兩個高手，其中一個人就打倒了我手下十幾個人。」

李爲聽了王亮說的求援電話，笑呵呵地又轉身面對他：「王亮，希望你叫的人有點分量！」

王亮現在可是不敢再說話了，好漢不吃眼前虧，像在工地上，在自己的地盤上還吃這麼大的虧，那可是從沒有過的事。

王亮打電話叫的那個成哥，名叫郭志成，手底下有些人，很有些分量，幹的活就是給某些大老闆或有錢人做打手收賬，爲人心狠手辣，王亮也是沒辦法才叫他。

剛剛電話裏說了，郭志成最少要三十萬才出手，因爲這是賭局中的錢，收費自然要比別的活更高，而且王亮的麻煩不是錢，而是對手，這些錢他們來也是搶回來，並不算是王亮的！

張思年一個人卻是希望越亂越好，要是來的人更狠，把周宣他們打跑就更好，自己算倒楣，找個機會趁亂溜了吧。

場子中，只有周宣和李爲、傅盈三個人坐著，鄭兵和江晉盯著王亮這一幫人，被打倒的十幾個人也不敢大聲呼痛，也真的站不起來，只能躺在地上忍著。

好在郭志成來得不慢，沒有超過二十分鐘，一共來了十四個人。

郭志成的人就不同王亮的人了，他是靠替別人收賬打架吃飯的，手底下的人都是練過的，個個都像肌肉男。

郭志成本人大約有三十五歲左右，身材高瘦，幾乎有一米八，右臉有一條兩寸長的刀疤，一看就有種兇悍的味道。

郭志成的臉有些陰冷，進了棚裏後，他身後一個馬仔遞了一條板凳給他。郭志成大馬金刀地坐下後，瞧了瞧躺了一地的人，又瞧了瞧周宣這邊五個人，眼睛瞇了瞇，心裏有了些警惕。

王亮這一夥人雖然不是練家子，但都是幹工地的，成天做的是體力活，都有一把子蠻力，還有王亮手底下的吳勇和王大毛，這兩個人出手頗狠，要對付他們這一幫人，就算是他的人過來，那至少也得出動五六個人才搞得定。

而躺在地上的這些人，瞧了瞧傷處，個個都是要緊部位，很管用，又有殺傷力，卻又不致命致殘。

王亮見到郭志成來了，掙扎著坐起來，說道：「成哥，就是他們五個人！動手的是他們，」說著指了江晉和鄭兵兩個人，「動手的是這兩個人！」

郭志成更是吃驚，動手的只有兩個人，兩個人就將王亮這一夥十幾個人打得躺了一地，就是他的人那也做不到，看來不簡單，得試探一下。

郭志成瞧了瞧周宣幾個人，先就把周宣、李爲和傅盈三個人排除了，因爲王亮指了是前面兩個人，那就是江晉和鄭兵兩個，一看那份沉穩的勢態就像是當過兵的，估計是幹過偵察兵和特種兵，否則一般兵也沒這種身手。而後面的三個人，周宣和李爲瞧樣子就不像能打的人，傅盈又是一個嬌滴滴的女孩子，就更不計算在內。

郭志成想了想，就問道：「二位有些面生，從哪裡來的？」

鄭兵和江晉自是理都不理他，冷冷地瞧著他這一夥人，分明就指著他們先動手。

李爲卻是大大咧咧地道：

「京城這麼大，你哪有本事個個都認識？就算你想，也不見得人家鳥你，你管得著從哪裡來？少說廢話，要打，你就趕緊叫你的人打，不打，就趕緊夾著尾巴滾！不過我勸你，趕緊滾蛋算你識相！」

張思年在一邊聽到李爲這樣說，心裏直樂，這個二愣子，當他是太子啊，口氣大得也不怕把天撐破，郭志成是什麼人？在京城北邊這一帶稍爲混過的人都知道，誰都不認識那也得知道他郭老大，這李爲的口氣別說是郭志成，就是一般的人也會火冒三丈！

郭志成的確是生氣了，本來他想試探一下李爲這幾個人的底細，但他們也太囂張了，沒把他當回事也就罷了，有這麼多兄弟跟著，他不氣，他帶來的兄弟早就摩拳擦掌了！

郭志成當然算不得上層人，在京城充其量就是一條有錢人家養的野狗，跑腿的而已，所以他並不認識李爲。要是認識，那早就半點氣焰就沒了。像他們這種人，在社會上跟普通人怎麼講狠都沒事，但要是跟李爲這種人講狠，那就是活到頭了！

俗話說好漢敵不過人多，雙拳敵不過四手，李爲這邊就四個男人，而郭志成帶來的可是有十三個人，在王亮的電話中知道有可能會棘手，所以特地挑了手底下最能打的幾個人。

他手底下這些人一向是沒吃過什麼虧的，當然也主要是因爲沒遇到過特別強硬的對手。一般來說，郭志成在接活兒時也要摸一下接任務對象的底細。

在京城，有很多人是惹不得的，接不得的事他從來不接，所以他的人都沒吃過苦頭，這也間接養成了他們的囂張氣焰，平時都是一副天底下他們最大的樣子。

郭志成作為他們的老大，當然在面子上也得裝作威風的派頭，手底下的人只要四肢發達頭腦簡單就好。

李為囂張的話，立即惹怒了郭志成手底下的人，有幾個就竄出來要揪人打。

郭志成的人顯然要比王亮的人能打得多，鄭兵和江晉也不敢大意，倆人一齊上。要打就要先折掉郭志成這一幫人的幾條臂膀，等一下才更有把握保證周宣等人的安全。

來的時候，他們兩個可是接到通知的，周宣和李為的安全最重要，在普通情況下，能應付就應付，如果情況危急，立即通知上級增派人手。

但目前的情況，鄭兵和江晉也沒有把握是不是完全能保證能贏，所以就毫不客氣地兩人一齊出手，先折掉對方大部分人手後，再對付少數人就有把握多了。

這一接手，「喀喀吧吧」的幾個來回，又幾聲悶哼，郭志成身邊竄出去的五個人，四個人斷了手，一個人被踢斷了腿。

因為知道郭志成的人要難對付得多，所以江晉和鄭兵都是毫不隱藏地全力出手，把這五個人整得無法再有攻擊力時，這才退開兩步，緊緊地盯著郭志成這一群人。

鄭兵和江晉這一下全力出手卻也不輕鬆。郭志成帶來的這幾個人都是練過的，可不像王亮那一幫人容易對付，將這五個人治服，已經累得直喘粗氣，但神情卻仍像是餓極了的獅子，雖然累了，但仍然是危險的動物，只要一碰，那還是致命的。

郭志成嚇了一跳，不僅僅是他，他身邊剩下那些還沒出手的八個人也都是吃驚不已！剛才上去的五個人中間，有三個人是他們中間最能打的，平常一個人能對付五六個普通壯漢，但這時候卻被人家幹翻了！

而且，這個時間只有幾秒鐘，幾秒鐘之內就把他們最能打的三個人都打倒了，甚至是再沒有了動手的能力——兩個斷了右手，一個斷了左腿——這還了得？

這五個人受的傷，可又不像王亮的那些人，那些人只是給扭脫了臼，而這五個人卻都是實實在在骨頭斷了，而不是脫臼。這當然有很大的區別，脫臼的只需要接上位就可以了，而斷了骨頭的卻需要接回骨頭，得再過半月甚至月餘才能恢復。

因爲這些人威脅性大一些，爲了保證周宣和李爲的安全，鄭兵和江晉就得先徹底把郭志成的威脅打掉一部分。

郭志成又驚又疑地瞧著鄭兵和江晉兩個人，呆了半晌才問道：

「兩位，我瞧你們的身手也不像是普通人，犯不著來這種地方跟王亮這種人搶食吧？是不是有什麼難處？如果是錢的問題，可以到我那兒當差，一個月萬兒八千的沒問題，像你們的身手，能幫我呼風喚雨啦！」

「混賬東西！」李爲竄出來打斷了郭志成的話，罵道：「你個屁都算不上的東西，還來老子面前挖人？看來老子今天還得給你上點課了。」

第一一二章

大禍臨頭

李為倒不是故意囂張，
以他這種身分來面對沒底蘊的混混，確實也算不得囂張，
要換了別的人，比如說吳建國、郭志成要是得罪了他，
吃的苦頭恐怕就不止是苦頭了，而是大禍臨頭了！

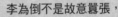

郭志成何時被人這樣說過？臉色一下子沉了下來，加上李爲和周宣這幾個人臉又生，一時惱了起來：

「哪裡來的狗東西，別他媽給臉不要臉。我郭志成在京城也是叫得響的人，跟你好好說那是瞧得起你，媽的，現在就是你給老子磕頭叫爺爺，老子都不放過你！」

「哈哈哈！」李爲倒是忍不住笑了起來，郭志成要跟他叫橫，那正是合了他的意。上個星期他給爺爺斸得狠了，一肚子的氣沒地方出，正好拿這個郭志成出氣。再說，今天又是跟著周宣，有什麼事都有他頂著，爺爺也不會怪他。而且還有鄭兵和江晉這兩個老子派來的人，老子那兒也放心了，不會來找他麻煩，哪裡還會擔心什麼後果？

「要我叫你爺爺啊，不知道我的爺爺肯不肯，也不知道我老子肯不肯。」李爲笑呵呵地說著，倒是不生氣，心裏還想著，要是把這話說給爺爺和他老子李雷聽，不知道會有什麼反應？

「管你媽的肯不肯。」郭志成怒道，「給我打，特別把那個狗日的腿打斷，嘴打爛，看他媽的還怎麼跑，還怎麼囂張！」

李爲笑呵呵地道：「鄭連長，就按他說的，把他的腿打斷，再把他的嘴打爛，看他還怎麼追，還怎麼囂張！」

李爲這話是無意的，但卻讓郭志成驚了一下！

「且慢！」郭志成伸手攔了一下身邊的人，驚疑不定地瞧著鄭兵、江晉和李爲，李爲剛剛叫了一聲「鄭連長」，這是讓郭志成最吃驚的地方！

不管郭志成這種人如何囂張，但他們心裏都明白，在這裡，軍人是他們最得罪不起的人，普通人要橫一下沒事，若是當官的和當兵的，得罪了，可就有無窮無盡的麻煩了。郭志成知道，這裡不像國外那些黑幫、黑手黨，在強大的國家機器下，一切其他勢力都是微不足道的！

「你們兩個是部隊裏的人？」郭志成驚疑地問著。

這時，郭志成背後的一個手下悄悄跟他說道：「老大，這兩個人是部隊的，而且不是一般的兵種，我是當過兵的，他們剛才用的全是近身搏擊的部隊格鬥術，是特種兵！」

郭志成愣了愣，一臉的囂張和忿怒瞬間消失了個一乾二淨。呆了呆後，才又放低了聲音問道：

「那，請問你是哪裡人，貴姓大名？」

郭志成瞧得出，鄭兵和江晉雖然厲害，但卻不是主角，做主的是後面的周宣和李爲這兩個人，心裏頭更驚訝：一個特種部隊的連長能規規矩矩聽從他們的吩咐，那他們的身分就值得懷疑了。不過，瞧他們的年紀和舉動，顯然不會是部隊裏的人，或許他們是部隊裏高級官員的子弟吧，這個可能性尤其大！

一想到這個後果，郭志成冷汗都嚇出來了！

李爲見郭志成忽然露出怯相，頓時便覺得掃興了，不過對於服軟的人，他也沒有要趕盡殺絕窮追猛打的意思。

「你要問我姓什麼？呵呵，你可沒資格問啊。」李爲擺擺手，不屑地說道。

他倒不是故意囂張，以他這種身分來面對沒底蘊的混混，確實也算不得囂張，要換了別的人，比如說吳建國、郭志成要是得罪了他，吃的苦頭恐怕就不止是苦頭了，而是大禍臨頭了！

李爲依然是很囂張的話意，但郭志成現在聽起來，也不覺得那麼刺耳了，因爲有些人雖然囂張，是因爲有他囂張的資格，怕是李爲就是那一號人。果真如此，那他郭志成就真是大禍臨頭了！

「這個……我郭志成在東城也算得上是有些名頭的人，各方面的朋友也不少，自問也還是一個對得起朋友的人，今天眼拙，如果有什麼得罪的地方還請原諒！」

郭志成現在越想越不得勁，說的話也小心翼翼起來，「小哥，可以讓郭某人交個朋友麼？」

李爲嘿嘿笑了笑，說道：「郭志成，你在東城有名號？我怎麼沒聽說過？我倒是聽過什麼江真源、羅光偉……至於郭志成，呵呵，沒聽過。」

郭志成臉色一白，身子顫了一下，江真源、羅光偉，這可都是京城名頭響噹噹的人物，江真源和羅光偉，一個是保安公司的老闆，一個是做娛樂城夜總會的，都是黑白兩道中間的頂尖人物。

郭志成是羅光偉手下的一個小蝦仔，算是他下面的一個打手，羅光偉有些小生意也派給了郭志成，讓他有一口飯吃。

對於羅光偉的能力，郭志成可是明白得很，羅光偉一句話，郭志成就得當聖旨一樣供著，如果讓羅光偉不滿意了，那他郭志成至少在京城就沒了活路，得夾著尾巴逃命！

而現在，李為嘴裏卻是輕描淡寫地說出羅光偉和江真源的名字，沒有一點恭敬的味道，郭志成不是聽不出來，要再聽不出來，那他就真是眼也瞎了，耳也聾了！

「你，你，你認識羅老闆？」郭志成實在是吃驚得很，話到嘴邊卻又不知道應該怎麼說了。

李為頓時無趣，跟郭志成再橫也沒意思，人家跟他不是一個級別的，贏了面子上也無光，還是把吳建國那種人整得灰頭土臉的心裏才興奮。以前還沒爽快過，上回倒好，因為周宣的原因，李為第一次爽爽快快地贏了吳建國一次。

「算了，懶得跟你再多說什麼，你如果認識羅光偉的話，就問一下他，說你想讓我李為叫你爺爺，看看他有什麼意見？」李為擺擺手，隨口說道。

當然，他這話其實也還是將了郭志成一軍，因爲聽他的口氣，好像與羅光偉有些關係。

郭志成哪裡還敢猶豫，急忙掏出手機給羅光偉撥電話。

「羅總，我，郭志成，有點事想跟您老說！」

郭志成放低了聲音小心地說著。羅光偉有個規矩，從不許有人叫他「偉哥」，因爲這名字聽起來彆扭，所以他手底下的人，全都稱呼他爲羅總。

「哦，我知道你小子，什麼事？說！別磨磨嘰嘰的！」羅光偉從來電顯示就知道是郭志成，以爲他有什麼消息要通報。

「羅總，是這樣的，我在東城這邊的一個工地上遇到點麻煩，想問一下您！」郭志成不敢太大聲說，一邊顧忌著李爲。

羅光偉在電話裏有些不耐煩了，說道：「我說郭志成，你是不是越活越回去了？連工地上的小事都搞不定，怎麼？讓阿光帶幾個人過來嗎？那你說清楚點，什麼地址？」

「不是那個意思，羅總，我只是問您一下！」郭志成把聲音放得更低了些，「羅總，我想問一下，李爲，這個人不知道您認不認識？」

「李爲？」羅光偉怔了怔，隨即道：「不認識，我哪認識什麼李爲，有什麼事？」

郭志成頓時鬆了一口氣，只要羅光偉說不認識，那就好辦，也放了心，看來那個李爲也就是吹牛而已。

「您不認識啊，呵呵，羅總，我的人被他的人打了，現在我們正面對面頂著呢，您叫阿光趕緊過來吧，事後照舊。」郭志成放低了聲音笑呵呵說著，他怕李為這幾個人聽到要溜走，而且他們有鄭兵和江晉那樣的好手，如果硬打的話，怕是難以應付。

一想到江晉和鄭兵這兩個人，郭志成又吃了一驚，這才想起來，趕緊又道：「羅總，他們還有兩個打手是當兵的。」

話沒說完，那邊的羅光偉忽然大聲問道：

「等等，你說什麼，李為？郭志成，你他媽知道自己在說什麼嗎？」

羅光偉忽然嘴裏潑出髒話來，郭志成倒是愣了愣，羅光偉雖然不是文質彬彬的一個人，但也很少露髒話出來。

郭志成還沒說話，羅光偉又急急道：

「郭志成，他是不是二十五六歲，嗯，左邊眉毛上有一顆針頭大的痣？」

郭志成呆了呆，又偷偷瞄了瞄李為，仔細瞧了一下，李為左邊眉毛上還真有顆痣，當即小聲地道：「羅總，那個李為的眉毛上還真有顆痣。」

「媽的，」羅光偉氣不打一處來地罵道，「郭志成，你他媽的闖大禍了，是你打了他的人，還是他的人打了你的人？」最後他又補了句：「告訴你啊，打死你也別跟他們提起你認識我！」

郭志成心裏一涼，羅光偉說他闖了大禍，心裏頭又驚又怕，羅光偉可不是隨便能說出這種話來的，從認識他來，好像還沒聽說他會怕什麼人來！

「是他的人打了我的人，是他讓我給你打的電話！」郭志成哭喪著臉說著，羅光偉的話，讓他心裏誠惶誠恐的，又怕羅光偉惱怒，但又不得不說。

羅光偉當真怒了，一下就破口大罵：「你他媽的，阿光不去了，老子才不管你是磕頭叫爺爺還是叫老祖，趕緊求他別跟我找麻煩，否則老子把你手腳砍了丟海裏餵魚。」

羅光偉這話說得狠，郭志成早已嚇得冷汗都出來了，伸手揩了揩汗水。

羅光偉又說道：「告訴你，這個李爲可不是你想像的小咖，他要是整你，別說是你，就是我，那也沒地方躲！不管怎麼樣，識相的就別把我扯進去，否則我就要你生不如死！」

羅光偉說了這句話，隨即喀嚓一下掛了電話。

郭志成呆了一陣，身後面的手下又悄悄地說：

「成哥，我打電話先拉人過來，再叫阿傑帶兩把槍過來！」

郭志成氣不打一處來，提手就給了他一巴掌，罵道：

「拉你媽呀，趕緊把他們幾個抬出去。」

然後，郭志成才堆起了笑臉上前，看這個傢伙也不像是要上來動手的，江晉和鄭兵也就沒動手，只是盯著他，以防他對李爲動手，但到了三四米的距離時就不讓他再過去了，在這個範圍中，他們是有把握制服郭志成的。

李爲等郭志成走近了才嘿嘿笑了笑，正要說話，口袋裏的手機響了，掏出來一瞧，螢幕上顯示的就是「羅光偉」，當真是說曹操曹操就到了！

李爲想了想，在按下接聽鍵的同時，又按了免持聽筒鍵，接著，羅光偉的聲音傳了出來，雖然手機裏的聲音不算太大，但郭志成卻是聽得很清楚，包括躺在地下的王亮、朱永紅幾個人都聽得清清楚楚的。

「三哥，不好意思，郭志成那王八蛋幹的事，我是一點都不知道，三哥，你也不是不知道，打死我也不敢跟您老人家犯沖啊，我是真不知道您在這兒。那個郭志成說的那些事，我是真的不知道啊。另外，郭志成不是我的人，我只是照顧過他幾次，您要是看他不上，想殺想剮隨您，您怎麼說我怎麼做！」

羅光偉在電話裏說的這些話，旁邊的人都是聽得一清二楚。郭志成的臉色是又紅又白的，都是害怕惹起的，羅光偉在電話中那個「三哥」，叫得讓他心裏都毛了！

能讓羅光偉都拍著馬屁叫「三哥」的人，那能是什麼樣的身分啊？

郭志成猜不到。不過他知道，反正李爲要是不饒他的話，那他的麻煩就大了。

李爲嘿嘿笑著對手機上說道：「老羅啊，這個郭志成呢，也沒幹出什麼事來，你想一想，要是他幹出事了，我還能站著跟你說話啊？那就得躺著跟你說話了！」

「他敢！」羅光偉把聲音放大了很多，這讓郭志成和王亮那幾個人聽得更清楚，「三哥，我馬上親自過來，看這混凝土王八蛋敢對你怎麼樣！」

李爲呵呵笑著，掃了一眼郭志成和王亮一干人，已經個個都嚇得臉色蒼白，半點聲都不敢出，偌大一間工棚裏，就只有呼呼的粗重喘息聲。

「算了吧，老羅，沒什麼事，那個郭志成也不認識我，要是認識我，給他個天膽，他也不敢來找我的麻煩吧？」

李爲本來想跟羅光偉說郭志成讓他叫爺爺的事情，心裏想了想，還是算了，要說了這話，郭志成就算完了。

郭志成知道李爲現在開著手機免持聽筒鍵，也不敢說話，望著李爲只是點頭。

周宣坐在板凳上淡淡笑著，李爲瞧了瞧周宣，然後對手機裏的羅光偉道：「老羅，我掛了，這事就算了，我看郭志成也是誤會，有空再跟你聊。」

羅光偉趕緊道：「那好那好，三哥，你說時間，我來找地方，讓郭志成給你賠禮道歉！」

李爲笑了笑，把手機摁掉，然後對周宣道：

「宣哥，你還有什麼指示？」

郭志成心裏又是一驚，在這兒已經有李爲這樣驚人身分的大人物了，難道還有比他來頭更大的？要說不是，但李爲都恭敬地叫「宣哥」的人，能簡單得了嗎？

周宣淡淡道：「李爲，這事就完了，現在該算算張思年的欠債了吧！」

張思年這時正在一邊涼快，一直以爲他是個中間人，兩邊怎麼打都不關他事，也希望周宣這邊跟王亮和郭志成一方能打起來，打起來後，周宣吃了虧，或許他還能跟王亮一起要回那一局中輸了的八萬塊錢，但現在是徹底失望了。

不過周宣這一邊占了上風，他認爲對他也是沒有什麼問題的，因爲他也算是周宣一邊的，是跟著他一起來的，但周宣一句「欠債」的話，頓時把他從天上拉到了地上，刹那間才想起，他還借了周宣他們十萬塊錢！

因爲一開始打心底裏就沒想過要還這十萬塊錢，不管是輸贏，他都不會還，錢到了他的手上，那就只有進的沒有出的，他就一個十足的無賴地痞，這樣的事幹得多了，不過他以往能借到的也沒有多少錢，爲了一千塊不還，你也不會殺他吧？所以也就沒有什麼大矛盾出現。

但現在張思年也有些忐忑不安，因爲他借錢沒有借過像郭志成這種人的，要是借了這種人的錢，他就算再痞再賴，也不敢賴，而郭志成好像對李爲都怕得不得了，李爲究竟是什麼人？

郭志成的名頭，張思年是很清楚的，沒想到李爲來頭比郭志成還大，一時間就有些害怕起來。

像張思年這種人，一貫欺軟怕硬，狠人是怕遇到更狠的人，何況張思年根本連狠人都不算，根本就是一個貪嘴的無賴。

李爲不知道周宣到底要他把張思年怎麼樣，但周宣一開始要他借給張思年十萬塊錢的時候，他心裏就知道周宣是要做點什麼的。

「宣哥你說，要把張思年的手還是腳給剁下來？」

李爲笑嘻嘻地問著周宣，不過這話當然是說笑的，但說笑的意思也只有他跟周宣明白，其他人，像郭志成一夥人和王亮一夥人，那就絕不會當成是笑話了，而是當成切切實實的真話。只要是李爲說的話，現在的他們沒有人敢當作說笑來聽。

周宣自然是早有計算，笑著對郭志成說道：「郭志成，我可以讓李爲不追究你，讓你好過，但我有一個條件，你答應還是不答應？」

「當然答應！」郭志成一喜，趕緊問道。

看起來，李爲是個大有來頭的人，連自己的老大羅光偉都害怕的人，但現在好像連自己老大的老大都對這個周宣恭敬有加，那這個周宣可不就是老大的老大的老大了！

「只要是我郭志成辦得到的。絕對沒有問題！」

郭志成對周宣的要求一口答應了下來，當然也是惴惴不安，不知道周宣到底會要他幹什麼，也不知道到底辦不辦得到，但無論如何都要先答應下來，現在，取得李爲的好感是必須的。再說，他也說了，他只能辦他辦得到的，如果辦不到的，那也沒辦法。

周宣淡淡一笑，指著張思年說道：

「這個人，欠了李爲十萬塊錢，我想郭老闆幫個忙，幫忙收這十萬塊錢的欠債！」

郭志成一怔，就這點事？那好說，收債是他的長處，在他手上，就沒有收不回來的債，實在沒錢，那也要把他榨得死去活來！

「這個當然沒問題，包在我郭志成身上！」郭志成一邊答應著，一邊又問道，「您還有別的事麼？」

「呵呵，不過，李爲這個債，要收得有點特別！」周宣笑笑道，「這個債呢，不需要你去逼他一次就把十萬塊錢拿出來，你給他找個工作吧，最好是在你手底下！」

「我手底下？給他找個工作？」

郭志成越來越糊塗了，不知道周宣是什麼意思。瞧瞧張思年，這傢伙早嚇得哆嗦個不停，現在才明白周宣和李爲的狠處。原來他們並不是大善人，也不是他所想像的能賴賬的主，現在更是自己不出面，把打手工作推給了郭志成。郭志成是他敢得罪的嗎？要是還不出這十萬塊錢，郭志成有的是辦法來剝他的皮！

周宣笑笑，有些壞意，倒真是佩服起自己忽然間就想到的這麼個好辦法來，說道：

「郭老闆，你看張思年的能力，給他個你能給的工作吧。當然，也是他力所能及的工作，值五百薪水就給五百，值一千就給一千，然後每個月薪水的一半你拿來給李爲，剩下一半給他自己開支。另外，還要限制他賭博，賭一次，你斬他一根手指，賭兩次就斬兩根，手指斬完斬腳趾，就這個事，郭老闆，方便麼？」

郭志成頓時笑得像雞啄米一般：「當然沒問題，絕對沒問題，您就放心吧！」

周宣又道：「那行，你給李爲一個電話，等過兩天，他會給你銀行帳號，你每個月把張思年一半的薪水匯到這個戶頭上！」

周宣說完又對張思年道：

「張思年，一個男人要活得像一個男人的樣子，好手好腳的還要跟六十多歲的老娘要飯吃，我也沒話說了，現在你給一句話，這錢，你是打算還呢，還是不打算還？給個準話，我們好作計較！」

張思年哭喪著臉，無可奈何的道：

「我還我還，你的條件我都答應，能不能不要讓郭老闆追我，我自己來還可以嗎？」

李爲上前就給他踹了一腳，罵道：

「他娘的，你小子還以爲我李爲好唬弄，你只怕郭志成不怕我是不是？以爲我就可以賴賬了吧？」

說實話，張思年還真是這個意思，他好吃懶做慣了，哪裡願意去做工幹活？再說，他還是有那麼一點僥倖心理，以爲只要郭志成不管這事，李爲嘛，怕是沒有郭志成那麼恐怖了。

郭志成面對得最多的就是這種人，對這種人的心理熟得很，當即上前拎著張思年啪啪啦啦就是幾巴掌，將他的臉扇得紅腫起來，腦子也是嗡嗡直響。

「張思年，瞎了你的狗眼！對付你這樣的渣子還用得著李先生？」郭志成對付張思年這樣的地痞拿手得很，又打又罵的，兇狠勁一出來，張思年捂著臉哆嗦個不停，他要賴，可不敢對郭志成耍。

「正好，我朋友的娛樂城缺一個保安。底薪一千二，加獎金福利補助，一共有一千八，一個月可以還九百，一年能還一萬零八百，九年零三個月就可以還清了！」郭志成收賬的經驗多，對數字很敏感，腦子一轉便想了出來。

張思年臉上火辣辣的，給打了個暈頭轉向，剛好又聽到了郭志成的話，嘴裏頓時像吃了黃連一般的苦，算盤打不響，這一下子還被賣了十年的身，而且還不準再賭了，這可不像跟家長老師面前，隨便信口定個保證什麼的就能過關了。在郭志成手底下，要真再賭了的話，那手指頭是真會給切了的，而且，要是不能上班還錢的話，那肯定會被郭志成整得生不如死，這可不是開玩笑的！

郭志成說完又道：「張思年，你幹不幹？一句話，要幹，今天就幹，不幹，我再做打算！」他說這個再做打算，可是說得咬牙切齒的，讓張思年心裏頭直打顫！

張思年想都不用再想，趕緊道：「我幹我幹！」

「那就這樣吧，我們先走。」周宣笑笑起身，心想：這時候還是把場子留給郭志成吧，有了剛剛這麼一齣，等他們一走，王亮這夥人和張思年就有苦頭吃了。

郭志成趕緊笑容可掬地送走了周宣、李為這五個人，等到周宣幾個人出了工棚，身影不見了的時候，這才轉身進了工棚。

在工棚裏，郭志成立馬兇相畢露，上前就朝王亮、朱永紅幾個人的傷手脫臼處狠狠使勁踩，一時間搞得鬼哭狼嚎起來。

今天，要不是周宣好說話，李為放過了他，那他郭志成好不容易一二十年才打出來的底子，差一點就完全崩盤了，這份怒火，如何不找這罪魁禍首王亮一夥人出呢？

回去的路上，鄭兵和江晉開一輛車，傅盈和周宣坐李為的吉普車。

在車上，李為才問周宣：「宣哥，今天你對付張思年這一招，我可真是佩服到了極點，一下子鎖死了這混蛋十年，他還不敢不聽?!他那點工資，你是想給他老娘吧？」

李爲當然明白，周宣可不會要張思年那一千幾百塊的工資，但他偏偏又對張思年那麼上心，做下了對張思年來說是一個終生都擺不脫的局，後來才明白了周宣的意思。

周宣是個有心人，像張思年這種人，說什麼改邪歸正，那都是屁話，這種人就是需要惡人給惡人磨，只有這樣，才是整治張思年最正確的辦法。

周宣笑笑道：「是啊，一個月九百塊對別人來說，那不算什麼，但對張思年的老娘來說，還是很重要的，要是郭志成能把張思年磨得規規矩矩地過日子，那也算他郭志成幹了一件有功德的事！」

到了潘家園後，鄭兵和江晉跟周宣、李爲告別回去，他們的任務到這兒也就算完成了。

回到古玩店後，碰巧老吳和張老大都在，張老大一見到周宣就喜道：

「你來了？那正好，我還剛想給你打個電話呢，有個地下拍賣會，我想叫你過去瞧瞧。」

周宣詫道：「熟嗎？」

張老大點點頭，笑道：「我不熟，不過老吳是人家請的五個鑑定專家之一，我們是老吳的東家，要去那也不是難事，再說，我們不是還有兩件寶物要拍賣嗎，我跟老吳商量了，就拿到現場拍一拍。我想叫你去的原因就是這個。如果拍賣的價錢低的話，那你就出手拍回來，咱們虧點進場費，反正你也面生，也沒人知道我們是一夥的，是不？」

周宣笑呵呵地點頭，反正也沒什麼事，去瞧瞧這個場合也好。

地下拍賣和正規拍賣可是大不相同的，正規拍賣，進駐拍賣的物品方在拍賣成功後，是要交一筆費用的，這個手續費可不便宜。而地下拍賣就沒有這一項，而且參加拍賣的物品，現場也有五名專家來鑑定，除了沒有正規拍賣場那幾道手續外，其他的基本上也沒多大區別。不過，進到拍賣場的人，那都是要跟場主很熟的，或者有行業內比較有威信的人擔保。

因爲地下拍賣不像正規拍賣場那樣要收保證金，在正規拍賣行，如果拍了物品沒有錢付或者又不要了，保證金就得沒收，而地下拍賣就沒有保證金一說，但卻從來沒有出現流拍的事，那是因爲，雖然是地下拍賣，但大家都遵循著守信用的原則。

在這一行，信用就是最大的通行證。

周宣瞧了瞧傅盈：「盈盈，你就不用跟我東奔西走的，估計那地下拍賣場都是些臭男人，你還是回家裏跟媽媽和妹妹逛逛街吧，要是累了，就在家休息，別跟我去了！」

因爲不是什麼大事，也沒有危險性，傅盈想了想，也就答應了。她沒見過地下拍賣，猜想真像周宣說的那樣，到處是擁擠的男人臭汗。

又一想，傅盈把手提袋打開，取出皮夾，拿了兩張銀行卡遞給周宣，說道：

「那你把這兩張卡帶上，如果你有想買的就買，就算不買，男人腰包裏也要有錢才行！」

周宣呵呵一笑，傅盈太爲他著想了，自己手裏還有幾億的現金，哪裡缺錢用了。她給的這兩張卡可是傅天來和傅玉海給的，裏面一共是兩億的美金，值人民幣十四億多，他又哪裡用得著這麼多錢？

不過，要是都還給傅盈，她肯定不會高興，周宣想了想，收了一張，笑道：

「盈盈，我拿一張吧，一人一張，這樣才公平，你身上也要有錢才行吧！」

傅盈也沒反對，笑吟吟地答應了。周宣接了一張就好，因爲周宣拿了這個錢，就表示跟她不分你我了，這才是令她高興的地方。

第一一三章

龍涎香

龍涎香之所以名貴，是因為它的得來不易。
傳說中，龍涎香是龍滴落的口涎而化，
在英國，他們把龍涎香又稱為「灰色琥珀」。
歐洲香料公司用龍涎香來做香精原料，
其價格比黃金還貴。

周宣又問：「盈盈，我出去幫你叫車！」

傅盈搖搖頭，輕盈地走出店裡，邊走邊說：「你們商量你們的事吧，我自己搭車回去。」

傅盈走後，李麗給周宣倒了杯開水過來。周宣端著輕輕喝了一點潤喉，然後問道：

「小李，在這兒上班還習慣嗎？」

李麗臉一紅，卻是直點頭，「周，周老闆，我還好，很習慣了！」

在店裏這段時間，李麗因爲扎實的財務功底，把古玩店的賬目明細整理得規規矩矩、明明白白的，張老大、老吳都是很欣喜。同時，古玩店的生意也是一天比一天好，李麗以前想都想不到，有時候只是一件小小的東西，價値卻是幾十上百萬，利潤高得驚人，完全不是她先前想像的那樣，看來做這個行當不會倒閉，也不會連工資都拿不到。

另外，李麗來這兒本來就是爲了感恩，抱著少賺少拿也要報答恩人的心理來的，但結果卻完全出乎了她的預料之外。

而現在，李麗也慢慢喜歡上了這個行當。平時有貨來的時候，她也跟著老吳瞧著看著，有不懂的就問，老吳也不藏著掖著，問什麼就說什麼。

最近這段時間，周濤天天過來。時間久了，李麗自然明白周濤的意思，雖然他不說，但李麗心裏卻有負擔。他們兄弟可是自己父親的救命恩人，而他們家的財富，顯然不是她那個階層能比的，即使周濤喜歡自己，但自己是不是合適他，人家家裏會不會反對，諸如此類的想法，卻是整天縈繞於心。

其實，問題還是出在周濤自己身上。因為他的害羞和顧慮，又擔心李麗瞧不上他，所以兩個人就天天含情脈脈相對，誰都沒有捅破那層窗戶紙。

「習慣了那就好，還有啊，你以後不要老是叫我周老闆周老闆的，叫我周大哥吧！」

李麗猶豫了一下，但隨即就爽快地叫道：「那好，我以後就叫你周大哥了！」

周宣心裏一喜，李麗這個表情，應該是對弟弟有好感，估計這事好說。要是這事真成了，那就跟老媽說一聲，讓爸媽都高興高興。只可惜弟弟現在並不在這兒。周宣心裏就想著，是不是把周濤調回來？

解石廠那邊基本上穩定了，等明天跟許俊成簽完合同，辦好手續後，把趙老二留在那邊管理就夠了，只要上了軌道，什麼都好說。

今天老吳要去地下拍賣做顧問，店裏要是走了老吳，基本上就只能做賣而不能做買的生意了，現在已經是下午三點多了，周宣乾脆說：

「今天，大家都提前兩個小時下班吧！」

周宣說的話，張老大當然不會反對，反正就兩個小時而已，也無所謂。

去地下拍賣場，張老大特意開了他自己那輛現代，便宜車比較不會惹人注意。

地下拍賣場很遠，不在市區，周宣有一種第一次跟陳三眼到魏海洪別墅的感覺，不禁感慨起來，時間好像過去了很久，那時跟今日相比，竟然是天上地下的區別，不知是記憶太遙遠，還是現實變化太驚人。

老吳跟周宣他們說起了地下拍賣場的情況。其實，名義上雖然叫地下拍賣場，但這裏基本上就是專門爲一些喜歡收藏的富豪們準備的，或者說是量身定做的。所以，這種拍賣場的信用上是可以保證的，到了一定級別的超級富豪，對信用尤其看重。

當然，這並不是說他們這些人就有多誠信，做生意發大財的，哪有幾個不鑽營算計的？自古便有句話，叫做「無商不奸，無奸不商」！

老吳就是經常跟這些人打交道的。他因爲深厚的鑑別功底，所以經常被邀請來作鑑定。真正買古玩古董的富豪，大多都是不懂的，之所以花大錢買，無非就是想以這些價值千金的古董來彰顯身分和財富而已。所以鑑定師的報酬通常是極高的。

在鄰近郊區的一棟大廈最頂層，這一層被分成了幾個房間，拍賣場在左，約有二百個平方米，比正規的拍賣場小了不少，當然人也少了很多。

通常，來這裏的人都是富豪們本人。在正規拍賣場裏，一般都是富豪的代理們來，雖然代理們都是言聽計從，但畢竟比不得私底下親身參與。在商場中互不相讓的對手們，在這兒又可以鬥個你死我活的，一件件古董彼此競爭，也是個很有趣的過程。也許在商場中受了一肚子的氣，這時候就在對手身上找了回來，心裏當然痛快。

當然，最高興的是舉辦者，又賺錢又能跟這些超級富豪們有來往。

座位上只有稀稀落落的十六七個人。周宣一掃眼間，居然瞧到了一個熟人，而那個人也正詫異地盯著他，眼睛裏又是歡喜又是訝異。

這個人竟然是上官明月！

上官明月顯然也沒想到竟然能在這兒遇到周宣。她知道，能到這兒來的人，身價至少都是十億人民幣以上的富豪，再怎麼估計，她也沒想到周宣會有這個身價。

上官明月當然沒想到，周宣能來這兒，並不是因爲他的身價超過了十億，而是作爲周張古玩店的老闆身分被邀請來的，並且，他們有兩件價值昂貴的拍賣品，也正好在被特別邀請之列。

當然周宣實際的身價也過了十億，但他的身分和身價都不被外人知道。他本人的財產幾乎沒有幾個人知道，就算魏海洪，也只知道他的一小部分身價，他後面還有許多無形財產，比如從雲南賭回來的毛料，這又是價值幾個億。

而且，周宣現在還有另外一個特殊的身分：紐約華人財團傅氏集團的繼承人。周宣手裏可是擁有整個傅氏百分之八十的財富，這至少是一百五十億美金的巨額財富。要說起這個來，那國內可就沒有一個超級富豪能比得過周宣了！

拍賣場的老闆當然也不知道周宣的身分。他只是被周宣店裏送過來準備拍賣的夜明珠和十幾顆祖母綠給震住了，要是有人買，有這些珠寶的老闆在場才方便，免得臨時找人麻煩。

上官明月卻以爲周宣是因爲財富身價而被邀請來的。倆人相互一望，周宣淡淡一笑，微微點點頭。因爲不願意被外人知道他們之間這些不必要的關係，也就沒說話。

上官明月是很引人注目的。畢竟來的富豪們大多數都是六七十歲的老頭，有幾個稍稍年輕一點的，也是四五十歲了，而她是唯一的女孩子。更主要的原因是，她太漂亮了。

上官明月見周宣並沒有跟她說話，只是淡淡一笑，便坐在了座位上。而他旁邊的一個人卻是笑了笑跟她說話了：

「上官小姐，真巧啊，在這兒也能遇到你！」

說話的是李爲。這個傢伙可是天不怕地不怕的，這些超級富豪們在普通人眼裏很了不起，但在李爲眼中卻也並沒什麼特別。在他心目中，除了爺爺和他老子李雷，其他人都算不上什麼。

說實在的，李爲最怕的是他老子。李雷是半點不好就要揍他，而且是真揍，逃都逃不掉。爺爺雖然也讓他害怕，但出手比他老子李雷還要好一些，至少不會這麼狠打他，只是一關十天半個月的，那也很難受。記得有一次闖了禍後，爺爺一氣之下，把他押送到蒙古草原上，在一個朋友那兒放了整整三個月的牛。

這件事，李爲記憶猶新，不過現在大了明白了，那時爺爺並不是真罰他，而是怕他被老子李雷打壞了，乾脆送得遠遠的，讓他老子手都伸不到。

所以李爲知道，即使爺爺再嚴厲，卻也是真疼他，不像他老子，那可是真下狠手！

李爲大聲的說話讓一眾人都側目相向，面露訝然，但李爲依舊大大咧咧地道：

「上官小姐，要不到這邊來，我們坐一起討論討論！」

以大家對上官明月的認識，都能猜得到上官明月對李爲的反應，要麼是冷眼相向，不理不睬，要麼就是出言譏諷嘲笑。但上官明月今天的舉動卻是讓在場的人非常詫異。

上官明月稍稍猶豫了一下，笑吟吟地走了過來。李爲趕緊起身讓了個位置給她。

李爲是個直性子，也沒什麼害怕的，但對以往上官明月的態度卻是記憶猶新的。上官明月可沒有給過他好臉色，於是心裏估計，她可能是不會過來的，搞不好又是一陣冷言冷語。但李爲也習慣了，反正在場的那些人他也沒真正打過交道，用不著給他們面子臉色。

這些人都是京城有頭有臉的富豪，張老大倒是知道。他在京城混了五六年，這些人他當然認識，都是京城商場中的大人物，不過是他認識人家，人家可不認識他。一下子在一個地方忽然見到了這麼多他羨慕之極的人，張老大心裏的激動可是無法形容。

不過，這些人周宣卻是一個也不認識，只靜靜地坐在自己的位子上。上官明月坐在他和李爲的中間，眼角偷偷瞄了瞄周宣，見他沒有反應，心裏倒是有些放鬆了下來。但同時卻也有一絲失望，到底是失望什麼，這會兒她也沒有去細想。

五個專家坐在了最前面一排，因爲人並不多，所以大家坐的位置都很靠前。拍賣場的圓臺是在大廳的正中間，圓臺四面都是座位。爲了方便面對一個方向，所以也只是一半邊的方向坐了人。

拍賣場的老闆姓楊，名叫師園，周宣和張老大都不認得，但跟老吳是很熟的。這個楊師園是個殷實戶，外面的人不知道，但行內人估計，他的身價絕不低於十億。

楊師園帶了兩名助手上臺，兩名助手都是二十一二歲的妙齡女郎，低胸短裙的裝束，很是誘人，臉蛋也很美。

要是今天沒來上官明月，這兩個助手的殺傷力可不小。本來就是人見猶憐的容貌，再加上微隱微現的服裝，確實是很給力。但上官明月一到場，雖然是一身隨便的裝束，但在一起一比較，高下立分。兩名助手的誘惑力就少了。

楊師園和兩個美女助手出來後，服務生給每一個都送上了熱氣騰騰的咖啡，服務還真是不錯。

在中間的圓臺上，楊師園笑容滿面地說道：

「各個老闆基本上都到齊了，我也不拖泥帶水，這就開始吧！」

楊師園在臺上的距離隔周宣幾乎有七八米，但說話的聲音卻就像在耳邊上。周宣冰氣一探，便知道裝飾的牆壁中暗藏了音響設備，音響設備品質好，沒有一點麥克風撲撲的聲音，很自然，就像在耳邊自然的說話一般。

十幾個中老年富豪顯然對上官明月微笑著走到李爲身邊坐下的舉動極爲驚訝，這個京城商場中名聲最響的美女，從來對人都不假辭色，今天怎麼變了天了？

場中所有人幾乎都不知道原因。上官明月可不是爲了李爲，而是爲了周宣。當然，她走過來並不是說她就喜歡了周宣，而是周宣實在太神秘了，他的一舉一動無不讓上官明月覺得驚奇和詫異。爲了接近她而用了多少計策的男人們，上官明月總是一眼便識破了，當然也不會好顏相對。

但周宣明明是幫了她一個天大的大忙，而上官明月也有心要報答，但周宣似乎根本就不想要她的報答，而且好像對她像避瘟疫一般避之不及，那就更是讓她很奇怪了！

不是她不夠漂亮，不是她不夠有錢，不是她不夠魅力，想來想去，她都覺得是這個男人有問題，難道是想施展欲擒故縱的手法？但上官明月又是覺得不大像。

前一天，上官明月的車輪胎莫名其妙地爆掉了，送到保時捷維修店一檢查，得出的結果讓她吃了一驚，輪胎脫落的原因並不是螺絲鬆落，而是螺絲齊根斷裂掉，更奇怪的是，如果一顆螺絲斷裂了還情有可原，但偏偏是輪胎上的螺絲全部斷裂掉了！

保時捷輪胎上的螺絲可不是普通鋼材，而是特製的，別看小小的跟手指頭一般大，但每一顆螺絲能承受的拉力都超過了兩噸以上，而且經檢測，也不屬於金屬疲勞。

因爲金屬疲勞是要經過一段時間才會出現的一種情況，上官明月這輛保時捷才剛下生產線不到一年，交車才半年。這麼短的時間，是絕不可能出現金屬疲勞的，要出現這種現象，那至少得跑十年以上。

上官明月這輛車出現的情況，技術員感到很奇怪，最後跟她打了個比喻說，就好像切菜一樣，她這輛車上的輪胎螺絲，就好像是用刀直接切斷的，可是現實中，哪有這麼利的刀？

這種螺絲可是沒有任何刀具甚至鋼鋸能切斷的，再說，這輪胎螺絲斷裂的位置是在裏面，是車軸邊，就是用工具，那也伸不到這個地方。

實在沒法解釋，最後只能用倒楣這句話來解釋。

上官明月偷偷斜睨了周宣幾眼，猶自在沉思。臺面上，楊師園的兩名美女助手先取來了第一個拍賣物。

這是一截三四寸長左右的黑色物體，樣子就像農村人自家灌製的香腸。這東西周宣十分熟悉，在老家，幾乎家家都會做，是把豬腸洗淨後，把瘦豬肉和其他配料混合然後剁成肉沫，最後灌進大腸中。

最後還有一道工序，是拿到炕上用煙火熏，所以顏色就變成了黑糊糊的樣子，稱之爲臘腸。別看樣子不好看，吃起來卻是特別的香，是周宣老家一道很有名的特產。

難道楊師園找一截香腸出來拍賣？

在兩名美女助手把這個黑色東西用白色的瓷盤端出來後，楊師園也沒有先說明，只是微笑著讓大家先看一看。

在前面的幾個老頭瞧了瞧，很是詫異，然後又湊攏了些，似乎在用鼻子聞著味道。

李爲呵呵笑道：「這些老頭，隔了三四米用鼻子嗅個啥？這東西就像一條狗大便，能嗅出個什麼來？」

聽李爲話說得粗魯，上官明月皺了皺眉。

李爲的粗魯卻不是故意的，而是家傳，他爺爺和老子李雷都是武人，說話粗魯直爽，平時早習以爲常了。周宣卻很喜歡李爲這種性格，笑笑著不以爲然。

這時，大家的注意力都被臺子上盤中像狗大便一般的東西吸引住了。

李爲說是狗大便，其實外形看起來很爲貼切，而且這時候，大家似乎還都聞到了一絲絲的臭味！周宣怔了怔，心裏一動，當即運起冰氣探測了測，果然，冰氣得出的結果是龍涎香！

上官明月一直注意著周宣，這時聽到周宣詫異地說了聲：「龍涎香！」也沒覺著什麼，順口就道：「龍涎香？」

上官明月的聲音大了些，幾乎絕大部分人都聽見了，左右的一些人都盯著她。

臺子上的楊師園呵呵一笑，然後說道：「上官小姐好眼力，沒想到上官小姐生意做得好，對這些東西竟然也有這麼深的見識，佩服佩服！」

上官明月臉一紅，沒有吭聲。她只是順口跟著周宣說了一句，說實在，她對龍涎香並不熟，甚至可以說是不知道，聽起來還以爲是什麼香水，但樣子就不是，應該可能是像麝香一樣的東西。麝香也是名貴香料之一，但沒加工過的麝香聞起來也是臭的，跟臺子上這個還挺像的。

龍涎香又跟麝香不同，麝香也很名貴，而且現在又嚴禁私獵，產量稀少，所以名貴，但龍涎香就更難得到了，龍涎香，在西方又稱灰琥珀，是一種外貌陰灰或黑色的固態蠟狀可燃物質，是從抹香鯨消化系統所產生。

周宣在測到是龍誕香後，頓時就想了起來，以前其實是有見過一次的。

楊師園呵呵笑了笑，然後道：「對了，這個東西別看外形特別難看，但它實際上就是傳說中最名貴的香料：龍涎香！」

瞧了瞧台邊一眾富豪們有了感興趣的眼神，楊師園又笑呵呵地說道：

「龍涎香之所以名貴，就是因爲它的得來不易。傳說中，龍涎香是龍滴落的口涎而化，但實際上，龍涎香是抹香鯨身上所產生的。當然，這個秘密一直是到中世紀時期英國人發現的。在英國，他們把龍涎香又稱爲『灰色琥珀』。歐洲香料公司也用龍涎香來做香精原料，其價格比黃金還貴。而龍涎香的藥用價值更高，能行氣活血，散結止痛，利水通淋，治咳喘氣逆，氣結症積，心腹疼痛，以及淋病。長期在房中點燃龍涎香，可以延年益壽，強心健腦。呵呵，這東西對各位超級富豪可是個好東西。俗話說，錢易賺，壽難延啦。賺再多的錢，到死時也是回天無力，像這種難得的好東西，對你們來說，那是可遇不可求的啊！」

周宣瞧了瞧身邊的老吳，見老吳微笑不語，就低聲地問道：

「吳老，您說這截龍涎香怎麼樣？」

老吳笑了笑，淡淡道：「我們只看古玩古董吧，這玩意兒是藥材，不是古董！」

老吳並沒有回答周宣的問話，只是顧左右而言他的說了另一個意思，停了停，倒是問了問周宣：「小周，你有什麼看法？」

周宣笑了笑，瞧了瞧四周的富豪們，然後才偏過頭，用極低的聲音對老吳說道：

「我瞧啊，這截龍涎香一錢不值！」

老吳一怔，但眼睛裏明顯一亮，隨即又呵呵笑了起來，也沒再說話。

周宣明白老吳的意思了，在這兒，人家賺的是錢，是利潤。來這兒的人非富即貴，錢對他們來說，什麼都不是。楊師園也沒說假話，這東西確實是龍涎香，但卻不是值錢的龍涎香！

龍涎香是抹香鯨的排泄物，抹香鯨隸屬齒鯨亞目抹香鯨科，是齒鯨亞目中體型最大的一種，雄性最大體長達九米，呈圓錐形，頭部約占體長的三分之一，上頜齊鈍，遠遠過下頜。頭部特別巨大，故又有「巨頭鯨」的稱呼。

抹香鯨吞吃掉的大烏賊和章魚口中有堅韌的角質和舌齒，很不容易消化。當抹香鯨吞食大型軟體動物後，角質和舌齒在胃腸內積聚，刺激了腸道，腸道就會分泌出一種特殊的蠟狀物，將食物的殘骸吐出來，慢慢就形成了龍涎香。有的抹香鯨會將凝結物嘔吐出來，有的會從腸道排出體外，僅有少部分抹香鯨將龍涎香留在體內。

排入海中的龍涎香起初為淺黑色，在海水的作用下，漸漸地變為灰色、淺灰色，最後成為白色。白色的龍涎香品質最好，它要經過百年以上海水的浸泡，將雜質全漂出來，才能成為龍涎香中的上品。

從被打死的抹香鯨的腸道中取出的龍涎香是沒有任何價值的，因為它必須在海水中漂浮浸泡幾十年，才會獲得高昂的身分。有的龍涎香塊在海水中浸泡長達百年以上。身價最高的是白色的龍涎香，價值最低的是褐色的，有的龍誕香在海水中只浸泡了十來年。

而現在臺上，楊師園拿出來的這截龍涎香卻是黑色的，根本就不曾在海水中浸泡過，最有可能就是從捕殺的鯨魚身體裏直接取出來的。因爲現在真正的龍涎香很難遇到，大海何其大，抹香鯨又何其少！

周宣猜測的其實很準確，楊師園這條龍涎香還真是漁民從捕到的一條小抹香鯨身體內得到的，東西確實是真貨，但沒有絲毫的價值。

楊師園介紹這一番後，當即又道：「說了這些，我想大家都明白了，其實我們拍賣的都是古玩古董，今天這個有點例外，但是好東西不假，我出個價吧，一百五十萬起！」

「兩百萬！」

一個六十左右的老頭還了第一次價，其實說他是老頭，還有些過了，都是有錢人，保養得好，充其量也就五十歲左右。這個人張老大卻是認識，在京城的大刊小報和電視上都經常見到，他的財富最少是五十億人民幣以上。

今天能在這兒面對面見到的，是平時只能在電視和報紙上見到的大人物，張老大激動得不得了，根本就沒有注意周宣說的話。不過聽到了也會不以爲然，因爲他也不會來競拍，他沒有那個實力，在旁邊看看這些偶像，過過癮就夠刺激的了。

老吳是明白的，對楊師園的意思他也清楚，就是想從這些富翁身上賺一票而已。賺這些人的錢，老吳無所謂，反正這些人有的是錢，賺就賺吧。再說，他的話已說得很清楚了，他看的是古玩古董，這個玩意兒不屬於那一類，有什麼不妥，那都是楊師園自己的事，與他們鑑定師無關。

周宣淡淡笑著，沒注意到旁邊的上官明月忽然加了價：

「我出三百萬！」

美女一出價，頓時引起其他人的注意，沉靜了一下，有人就笑呵呵地競價了：

「三百五十萬！」

上官明月正要再加價，周宣卻不想她上這個當，不過也不好明說出來，那樣就得罪了楊師園，人家跟自己也是無怨無仇的，不能擋了人家的財路。雖說這個東西確實不是古董，而是藥材，只分次優而已，但有人願意買，願意上這個當，那也不關別人的事。這跟玩古董一回事，否則哪有那麼多打眼的？

周宣不好開口對上官明月說，一急之下，當即從下邊伸了手過去，準備拉一下她的衣服，想提醒她一下。

誰知道上官明月剛好把手放到那兒，周宣一伸手沒拉到衣服，卻拉到了她的手。

這一下，倆人都是怔了怔，周宣先臉紅起來，當即扭扭捏捏道：

「上官小姐，對，對不起，我，我不是那個意思。」

上官明月咬了咬唇，頓了頓才問道：「那你是什麼意思？」

周宣瞧了瞧眾人，這時都被再提價的人所吸引，沒有人注意到他跟上官明月，這才低聲道：「我只是不想你買這截龍涎香！」

「不想我買？」上官明月詫道，「為什麼？我還想買回去送給我爸，因為我爸有病在身，我想買回去放在我爸房中燃香！」

周宣瞧了瞧旁邊的人，然後把嘴湊到上官明月的耳邊，輕輕道：

「上官小姐，這條龍涎香是一文錢都不值的東西，你買回去也沒有藥用價值，我只是想偷偷告訴你別買！本想拉拉你的衣服提醒你，卻不小心拉到了你的手。」

原來是這個意思！上官明月嫣然一笑，覺得周宣倒是有些樸實得可愛，還真不像是有意來拉她的手，因為周宣的眼神很清澈，半分雜質也沒有，就像個小孩子一般。

當然，這只是周宣給上官明月的感覺，實際上，她也見過周宣狡猾的一面。在與吳建國那樣的人面對時，他是沒吃過半點虧，絕不像是一個單純的人。

就這麼一會兒工夫，那條龍涎香最終以七百五十萬的價錢被拍走了。

上官明月微微一笑，瞧著周宣的眼神有些怪怪的。

第一一四章

金包水

「呵呵，這可不是一塊普通的金礦石！」
楊師園笑笑道，「這是不是從天上掉下來的隕石黃金不知道，
但礦石裏面的核心不是金礦，而是一包液體，
這塊礦石的名字就叫做『金包水』。」

楊師園拍拍手，美女助手又將白盤子端上第二件拍賣品。盤子中，是一塊拳頭大的金燦燦的東西。

在最前邊的一個人就詫道：

「你這是金礦石吧，金礦有什麼稀奇的？對於我們來說，錢是算不了什麼的，就是純金也引不起大家的關注，更何況一塊普通的金礦石呢？」

「呵呵，這可不是一塊普通的金礦石！」楊師園笑笑道，「這是在非洲南部的一個石坑中發現的，是不是從天上掉下來的隕石黃金不知道，但這塊金礦被檢測過，礦石裏面的核心不是金礦，而是一包液體，因為沒有切開，不能檢測是什麼樣的液體，但這塊金礦石的特異之處，就是因為有了這一包水！」

「這塊金礦石的名字就叫做『金包水』。」楊師園停了停，又補了一句。

「金包水？就算金裏面包了水，那也只是塊金礦石，也沒什麼不得了的。」

上官明月輕輕說了一聲，確實覺得沒什麼值得收藏的價值。一塊金礦石，就算再奇特，那也還是一塊金礦石，她和在場的這些富豪們都不覺得有多珍貴。

相對來說，上一個拍賣的龍涎香對富豪們的吸引力就要大得多了。

上官明月是這樣想的，其他人大多數同樣也是這樣想的。

楊師園這個時候報了金礦石的起拍價：「各位，這塊金包水的起拍價是五十萬！」

在楊師園報價了後，在場的富豪們還真的沒有人加價競拍。楊師園自己也有些訕訕然，這東西是他自己搞回來的，目的當然是要賺一筆錢。

不過，周宣對黃金卻有極強的感覺，或許是因爲冰氣異能的原因吧。周宣知道，自己的冰氣就是吃黃金的，所以理所當然對黃金有著超強的興趣。

周宣坐著的地方離臺子上楊師園助手的距離只有六七米，冰氣運了出去，一探到金礦石上面，周宣便覺得有些奇怪，因爲冰氣探到金礦石時，離金礦石裏面還有一分左右時，便再也無法探進去了。

這種情況很少見。以前也有冰氣探測不到的東西，那就是自己冰氣的來源之處。想到這一點，周宣心裏一動，難道這塊金礦石也是來自於自己得到異能的金黃石的故鄉？

不過，猜測歸猜測，周宣還是沒有辦法確切證實這塊金礦石就跟金黃石來自同樣的外星體，但周宣卻是來了興趣，反正花不了多少錢，這塊金礦石，他要拍下來！

想了想，周宣便舉了手，說道：「五十五萬！」

楊師園見有人競價了，心裏一喜，馬上說道：「五十五萬，這位先生出價五十五萬，有沒有再加價的？」

別的人都不喜歡這金礦石，所以也不還價，楊師園叫了兩遍也沒有人再加價，周宣估計著這金礦石應該就屬於他了。

卻不料周宣正這樣想著的時候，身邊的上官明月卻忽然開口加了價，脆生生地說道：

「我出八十萬。」

周宣怔了怔，沒料到上官明月會跟他來競拍這個東西。她剛剛還跟自己說了，這個東西沒有什麼特殊之處，言下之意是不喜歡這個東西，其他富豪們也差不多一樣的想法。

不過意外歸意外，上官明月既然出價了，那就是有人要買。周宣腦子裏想了想，就當作生意來談吧，只要在適當的範圍以內，都還是可以競拍一下。

「呵呵，上官小姐對金包水也有意思了？」楊師園笑呵呵地說著，又對其他人說道：

「各位老闆，在礦石的歷史中，像金礦石裏包了液體的，那還是絕無僅有的事，這個意義可非同小可，說實話，這金包水還真是一件極有意義的收藏品，還有哪位老闆有意思沒有？」

問了兩遍，也沒有人回答。楊師園想再度把價錢提起來的意思又落了空！

「八十五萬。」

就在楊師園以爲就此定局的時候，最先出價的周宣又加了五萬塊錢。不過，看得出來，周宣出價的力度和信心可遠不如上官明月了。

當然，絕大部分人都估計周宣的財力肯定是不如上官明月的，因爲周宣是個新面孔，從沒見過，在國內的超級富豪圈子中，不管你是來自哪個地方，這些人都是相互認識的，畢竟，超級富豪的數量還是極少極少的。

楊師國正在想著，周宣如果想要的話，只要他出價，哪怕數字加得再少，那也是一件好事，因爲有人競爭，那才會引得出上官明月的高價來。

果然，楊師園才這麼想，上官明月就又出了價，而且這次增加的數字更猛。

「一百五十萬！」

楊師園當即就笑了起來，這種情形是他拍賣時最喜歡見到的。

周宣這時可詫異了，剛剛還以爲上官明月是忽然有點意思，但她猛力的加價卻讓他吃驚了！

周宣詫異的側頭瞧了瞧上官明月。上官明月卻是向他揚了揚漂亮的嘴唇，眼裏儘是挑釁的味道！

從這一個眼神中，周宣就知道，上官明月原來並不是對這塊金包水有了興趣，而是想跟他較勁，不禁是又好氣又好笑！

自己算起來可是她的恩人，幫了她大忙的恩人，卻想不到，她說翻臉就翻臉了。

當真是女人心海底針啊，摸不著也是看不清的。女人的臉就像翻書一樣，本來好好的，竟然說翻就翻了。

「上官小姐，你如果想要，我可以讓給你。咱倆沒必要爭個你死我活的，那樣不是便宜了這裏的老闆？」周宣低聲對上官明月說了這幾句話，有意提醒著她。

上官明月輕輕笑了笑，很古怪地說道：

「我就是要和你競拍，那又怎麼樣？」

周宣搖了搖頭，有些無奈地說道：

「我出一百五十五萬！」

對於上官明月的競爭，周宣確實很無奈。他也不想跟上官明月爭搶。不過，那個金包水對他的誘惑實在太大了。他全力運起冰氣時就感覺得到，那個金包水裏面似乎隱藏了一個秘密！

但周宣用冰氣探測不出來，金包水不在自己手上，也沒辦法知道詳情。

楊師園笑容滿面地對上官明月道：「上官小姐，這位先生又加價五萬，你還有沒有意思要？」

上官明月笑吟吟地伸了伸白皙的右手掌，說道：「我出五百萬！」

她這一下加價，頓時引起了其他人的驚訝，低聲說起話來。

五百萬的數目，對於在場的那些富豪們來說，其實是一個很小的數字，根本無所謂，但對於一塊金礦石來說，大家都是明眼人，這塊金礦石真正的價值不會過五萬塊。

楊師園出五十萬的底價，實際上已經遠遠超出了金礦石本身的價值，而上官明月這一次最猛的加價，讓他們更是驚訝！

從他們以往認識的上官明月來說，那是一個不會吃虧，不會退讓，精明得不得了的上官明月，她今天的表現顯然是太反常了！

周宣也訝然了一下，隨即搖了搖頭，嘆了一聲，然後才說道：

「算了，上官小姐，我不要了。你可是真的有錢人。貴了我要不起，你拿去吧。」

楊師園也在場內左右又仔細瞧了瞧，見沒有人再出價，也就笑呵呵地道：「最後一次，五百萬，上官小姐成交！」

周宣很是惋惜地嘆了一聲。李爲在一邊也很是奇怪，向上官明月問道：

「上官小姐，你腦子沒問題吧，五百萬能買很多金條了，可不是這麼一小塊還沒煉過的礦石！」

因爲周宣是他極力要維護的人，要不是對上官明月有追求的意思，換了別的女人，李爲早就要破口罵出臭娘們的話來了。他可是看得出，周宣是很想要這塊金包水的。

上官明月對李爲的話很生氣，眉頭一皺，惱道：

「你想罵我是傻子是不是？」

李爲訕訕一笑，隨即搖了搖頭。

張老大對周宣的舉動不懷疑，因爲在幾百萬甚至是幾千萬之間的數目，對周宣完全沒有影響。但老吳就覺得奇怪了，因爲他可是瞧得出來，一塊金礦石，價值明顯擺在那兒，周宣前幾次的舉動都隱隱流露出高手的味道，難道那只是表面？因爲這塊所謂的金包水確實是不值一提，普通的金礦石而已，沒多大的意思。

當上官明月簽好了支票，楊師園的美女助手用一隻小盒子裝了那塊金包水，然後送到上官明月手上。

美女助手彎腰的時候，低胸的領口頓時露得更低，一道深深的白色乳溝很閃眼。張老大和李爲幾乎看呆了，口水險些掉了出來。

雖然上官明月就在面前，這個女助手並不比上官明月漂亮，甚至比上官明月差很多，但勝在身材好，身體暴露得多，在眾目睽睽之下就顯得很有吸引力。上官明月的確是過分的漂亮，但漂亮有什麼用呢，只能看又不能碰。

美女助手把盒子交給上官明月，然後拿了上官明月簽的支票回到臺上。

上官明目瞧著盒子中的金礦石，很小的一塊，比一個火柴盒大不了多少，拿到手中瞧了瞧，也沒看出什麼不同，便笑了笑，又把它放進盒子裏，雙手一伸，送到了周宣面前。

周宣一怔，問道：「你幹嘛？」

「送給你啊！」上官明月笑吟吟地說著。

周宣又是一呆，這女人！

瘋了！自己買，只要五十五萬。她偏要來搶，花了五百萬高價從他手裏搶過去，卻又要白送出去，真是不可理喻！

「你，」周宣忍不住氣道，「你真是……」努力忍了一下，這才沒說出後面的話來。

上官明月微微一笑，很認真地說道：

「要買東西送人就要有誠意。你跟我競價，證明你是很想要這個東西，我送你才有意思。欠你天大的人情，這樣才算還了吧？」

周宣很是無語，心裏嘆著，真是搞不懂女人！或許只有盈盈才是他唯一願意懂的女人。

臺子上，楊師園讓美女助手又捧了一個盒子上來，然後說道：

「呵呵，大家靜一靜，現在才是正式的拍賣了！下面這一件，可是絕對的寶物了！」說著，楊師園把窗簾放下來，然後把屋裏的燈全部都關掉！拍賣場頓時一片唏嘘聲。

面對眾人的驚訝和不解，楊師園呵呵笑著道：

「不用擔心，我可不是要嚇唬大家。關上燈，是為了更好的欣賞眼前的寶貝！大家有所不知，你們面前的這一件寶物，是要在黑暗中才能見識到它的奇特之處啊，因為它是一顆彩光夜明珠！」

整個拍賣會上，上官明月幾乎就沒有機會找周宣說句話。而現在，周宣似乎是要走掉了，這讓上官明月又失落又氣憤！

楊師園本來也想趁機結交一下周宣，但周宣現在顯然是心不在焉的，楊師園也不好留他，便客氣地說了聲「有機會聚聚」，便任周宣他們一行人離開。

回去的路上，周宣和老吳坐了後排，李爲開車，張老大坐李爲旁邊的副駕駛座，幾個人是各有心思。

張老大是喜不自勝，左手一直捂著胸口衣袋的位置，那裏面放了張兩億多的支票，這可是自己店裏的寶貝拍出來的價錢。老吳的樣子就平靜了些，因爲他是五位專家之一，對自家寶貝的價錢心裏早有數，但最終拍出了那麼高的價錢，還是讓他很有些意外。

而真正的主人周宣卻像是沒知覺一般，老是低頭想著什麼，手裏緊緊抱著那個金包水的盒子，難道這金包水的誘惑力還大過那個夜明珠和祖母綠？

這個疑問，周宣自己不說，他們誰也不知道。除了老吳有幾分這樣的想法外，其他人都沒往這個方向想，李爲只想著周宣那奇特的魔術，這個誘惑比什麼都大。

張老大的想法卻是雄心萬丈，一心只想要好好把店辦大，讓財富激增，做到他今天見到的那些人的地步。

周宣卻沒那些想法，他只想趕緊回去，把金包水的秘密弄出來。

李爲先把老吳和張老大送到潘家園，然後再開車送周宣回宏城花園。到了別墅門口，周宣一下車便擺擺手道：

「李爲，你先回去吧，今天我很累，啥事也不想做，要早點休息。」

李爲嘀咕了一下，然後還是開車回去了。走的時候，周宣又叫了他一聲：「李爲，別到處亂跑，回去好好歇著！」

家裏，老娘和盈盈，還有劉嫂都不在，可能逛街去了。這對周宣來說正好，他當即回到自己三樓的房中，把門反鎖了，然後把金包水拿出來。

把冰氣又運行了幾遍，自覺到了最佳狀態後，這才又運到金包水上，想吞噬，依然做不到。吞噬不了就得另想他法。

周宣又找了螺絲刀和一顆兩寸來長的螺絲釘，因爲金包水的整個厚度都沒有螺絲釘長，所以螺絲釘是夠用了。

黃金的硬度是很小的，只是韌性驚人，如果強行拉扯的話，會拉成一條極細極細的絲線，但不會斷掉。不過硬度很低，用牙齒都能咬出印來。

周宣把螺絲釘按在金包水的一面上，先敲了敲，螺絲釘陷進去一點後，才拿了螺絲刀使勁扭動。螺絲釘一點一點地鑽進去，當估計到了金包水三分之二的深度時，周宣便停止了扭動，然後將螺絲釘扭出來。

他先是瞧了瞧螺絲釘的前端，很奇怪，螺絲釘的前頭一點也沒有沾過水的痕跡，難道金包水裏面不是水，是實心的？

周宣把螺絲釘和螺絲刀放到一邊，然後再運起冰氣沿著這個小小的洞裏鑽進去。經過短短的洞口，周宣的冰氣一接觸到裏面，忽然就有了一種面臨波濤洶湧的大海洋的感覺！

金包水的中間是空的，但周宣感覺得到，金礦裏面包著的可不是那一丁點液體，而是無邊無際的狂風暴雨和惡劣天氣。

周宣的冰氣一進去，便如遇到了龍捲風一樣，他的冰氣一下子就被捲了進去。周宣大驚之下，想甩開手扔掉金包水，但卻是被吸得死死的，硬是動彈不得。冰氣便如一只盛水的瓶子倒了起來，裏面的液體正源源不絕地流了出去。

這個情形誰都能想像，不管瓶子多大，裏面的液體始終會流乾，流到一滴都不剩下。

周宣叫苦不迭，但又無能爲力。這個時候，就算旁邊有人，那也不會瞧得出來，因爲除了周宣的手指和金包水在一起外，表面上的確是沒有任何異常。

冰氣被瘋狂地捲進了金包水，速度很快，幾乎沒幾秒鐘，周宣的冰氣就給捲了個一乾二淨，然後，左手裏的丹丸本體也被狂風捲得如斷線的風箏，最終脫離他的身體而去。

周宣大驚失色，腦子裏拼了命想擺脫，但手和身體一點也不能動彈！此刻的他，就像一個木偶，眼睜睜地瞧著丹丸本體被捲進了金包水中，身體卻是一動也不能動。

當冰氣被完全捲走之後，周宣與金包水的聯繫便斷了，手腳身體也都可以動了，只是軟綿綿的十分無力，像是打了一場硬仗，手腳都直是顫抖。

歇了好一會兒，周宣才緩過勁來，心裡是後悔不已。試了試想再運行冰氣，卻連半分動靜也沒有了。

這一回可跟以前不同了，以前，無論冰氣損耗得多厲害，丹丸本體都還在左手中，就跟力氣一樣，即使用得筋疲力盡，第二天又會回來，但現在，冰氣卻是徹底沒有了！

周宣知道，無論再怎麼練，冰氣都不會回來了！

本以為這塊金礦石會給他再次帶來質的飛躍，就像上次在美國的天坑洞，他吸收了大金黃石的能量後，冰氣一下子突飛猛進，精進得很厲害，與之前剛剛得到冰氣時完全判若兩人。

最開始的冰氣，只能測物體的真假和年份，而且用一次兩次便累得不行，而後來，當他吸收了大量的黃金原石能量後，冰氣就變得非常厲害了，不僅能轉化物質分子，還能吞噬黃金，它帶給周宣的，簡直就是無法想像的超能力！

而這股冰氣異能同時也成了周宣片刻不能離身的依賴，不論走到哪裡，周宣最相信最依靠的就是這股異能，但現在，這種異能卻突然就沒有了！

周宣呆了一陣後，拿起金包水又搖又看，但裏面沒有響動，倒過來也不見有水流出來，想了想，又在金包水的另一面鑽了個孔，弄了個對穿，就是不見有水分流出來。

左手裏也沒有丹丸冰氣，運氣也感覺不到一絲一毫，周宣沮喪地呆坐了一會兒，沒有任何法子可想。

此刻，周宣心裏的懊悔是難以想像的。都是好奇心和貪婪心惹的禍啊！

從得到冰氣異能開始，到後面吸收到更大的能量，周宣已經嘗到了冰氣帶給他的各種好處和財富，可以說，他現在所有的一切，都是冰氣直接或間接帶給他的，如果說冰氣從此消失了，那對他又會有什麼樣的影響呢？不堪想像！

周宣想了一陣，又懊惱了一陣，隨即又心有不甘起來，便到工具房裏找了一條鋼絲鋸出來，慢慢把金包水外層黃金都鋸開來。

經過一個小時的努力，終於把金包水外表層的黃金體全部割了出來。

金包水裏面就是一顆直徑只有兩釐米左右的四方透明晶體。晶體裏面充斥著霧狀的氣體。說是氣體，那也只是周宣的估計，因爲這個晶體不知道是什麼物質組成的，鋼絲鋸也無能爲力，鋸不動它。

晶體裏面的霧狀氣體隱隱在流動，周宣想不通，難道就是這個東西，吸收了他那龐大的冰氣能量？

自己的冰氣可是不簡單啊，陪著自己上山下海入天坑鬥海盜，經過了這麼久，想必練也練得很純正了，而且，自己剛剛把冰氣運起，探進這塊金包水裏時，分明感覺到那是如海洋一般龐大的能量體啊，怎麼看來就是這麼一丁點的晶體呢？

自己的冰氣就是被吸進了這小塊晶體裏面去了？

儘管不相信，但周宣還是得承認，自己的冰氣的確就是被捲進了這個小小的晶體裏面去了，而如今，自己又變回了以往那個普普通通、沒有絲毫異能的普通人了！

拿著這顆晶體，周宣敲打摸捏地弄了半天，腦子裏再也運不起冰氣能量鑽進晶體裏面去了，當真是吃它不得，咬它不動，打它不碎，冰氣是再也要不回來了！

到了下午，傅盈和老娘金秀梅、劉嫂也都逛街回來了。劉嫂做飯，傅盈和金秀梅瞧著周宣無精打采的樣子，有些擔憂。

「兒子，你怎麼啦？好像神不守舍的樣子，平時你可不像這個樣子！」金秀梅奇怪地問道，這個大兒子最是沉穩的，辦事也讓她放心，但現在，這個沉穩的兒子好像突然丟了魂了。

金秀梅趕緊吩咐劉嫂做點粥，然後對周宣說道：「兒子，你先到房間裏躺一下，等劉嫂粥煮好後我叫你，是不是感冒了？」說著用手試了一下周宣的額頭，看看有沒有發燒。

周宣自然知道自己的原因，搖了搖頭，低聲道：「我沒病，媽，我只是有點睏了，我去睡一會兒吧。」

周宣回到自己房間裏，傅盈也跟著進來了。她雖然沒說話，但擔心周宣卻是比金秀梅更深。

傅盈扶著周宣躺下了，又拉好被子給他蓋上，柔聲說道：「你是太累了吧？睡一覺，休息一會兒就好了，別去想那麼多事。」

看到傅盈嬌美的容貌，耳朵裏又聽著傅盈溫柔的聲音，周宣倒是安寧了許多，心情也慢慢鬆弛起來，沒一會兒倒真是睡著了。

也許是這段時間真的太累了，一直又沒有好好休息吧，傅盈這樣想著，又輕輕在周宣額頭上吻了一下，見周宣熟睡了過去，也就悄悄出了房。

周宣這一覺直睡了四個小時，醒來的時候已經是晚上八點鐘了。

從床上坐起身來，周宣揉了揉眼睛，身體痠軟，一點兒也沒有以往那種睡覺後神清氣爽的感覺了。這又才想起來，原來自己的冰氣異能已經消失了，而那顆席捲了自己冰氣異能的透明晶體，正放在桌子上！

晚上隨便喝了點粥，然後昏昏沉沉地又回房睡了。

周宣的確不是生病，只是忽然沒有了冰氣異能，身體的敏感和承受力比有異能的時候可就完全是兩個樣了。此刻的他，疲態盡顯，睡了個天昏地暗，而且睡得再多，精神也不見增加，卻是越睡越想睡，頭也越昏沉。看來，冰氣的好處實在是無法形容。

早上起床後，洗了個冷水澡，刷了牙到樓下，腦袋仍然有些昏沉沉的。

隨便吃了點早餐，傅盈見周宣不像生病的樣子，只是有些精神不濟，便放了心，隨後又提醒他：

「那個許俊成今天約了你辦手續的吧，記得帶好證件，要不，我跟你一起去吧。」

「盈盈你別去，今兒個跟我一起。昨天我在天橋下遇到一個算命的，我特地約好了今天去，想讓他給你們算算八字，再叫他選個吉日，你們趕緊把婚事辦了吧！」

金秀梅叫住了傅盈，嘀嘀咕咕說著：「現在啊，就這事最大，別的事都放開些，我只想著抱孫子的那一天嘍！」

傅盈當即紅了臉閉了嘴，再也沒話說，雖然不相信街邊小攤算命的話，但婆婆既然有吩咐，當然不能不聽，只是未免害羞了些。好在周宣身邊還有李爲那個免費司機在，這傢伙在周宣剛剛吃完早餐便開車趕過來了。有他跟著還算好，傅盈也放心。

因爲傅盈知道李爲的身分，有他跟著，也就不必擔心有什麼人來欺負周宣了。而李爲是京城土生土長的，京城的小巷小道，他都知道得一清二楚的，要去哪裡，有他跟著那是最好。

李爲嘴很甜，對金秀梅阿姨阿姨地叫著，對傅盈卻是以「是他看到過最漂亮的嫂子」來稱呼。傅盈笑個不停，這小子，每天都有許多笑料，當真是個開心果。

等上了車，李爲把車開出宏城花園，上了市區道路後，才笑笑著對周宣說道：

「宣哥，怎麼樣，我這演技？」

「啥演技？」周宣啐道，「不就是會吹吹牛，拍拍馬，你還能會什麼？」

李爲哼了哼，不滿地道：「宣哥，你這話就太打擊人了，要不是我演技好，漂亮嫂子會這麼放心你出去？再說，我可是半分也沒透露上官明月的事啊！」

周宣有些無語，也有些狼狽，趕緊道：「你小子瞎說什麼？我跟上官明月可什麼關係都沒有，跟她見過面的幾次，哪次沒有你在場？跟我瞎說也就罷了，要是在別人面前說出來，我就把你的鳥蛋變沒了！」

周宣這個威脅讓李爲呵呵直笑，威脅人居然拿這種事來威脅，他可就完全不當回事了，周宣再會變魔術，也不可能把他身體上的器官變走吧？

說實在的，周宣還真能變走他身上的器官，但他那是以前，從今天開始，異能已經離他而去了，超級魔術師也變成了往事。

一想到異能沒了，周宣心情又壞了起來，嘆了一聲氣，說道：

「以後別跟我說起上官明月了，這女人是我的災星，一見到她，我的霉運就來了！」

李爲嘀咕道：「與上官明月有什麼關係，這麼漂亮的美女，人家想還想不來呢……現在去哪兒？」

「現在去哪兒？」周宣一怔，隨即想起和許俊成的約定，當即掏出手機給他打了個電話。

第一一五章

異能消失

周宣真的是拿他無可奈何了，
自己又不能把他的四肢器官轉化吞噬掉，
而且就算想，現在也是無能為力了，
因為他已經失去了冰氣異能。
都是這個上官明月！周宣心裏又暗暗恨惱起上官明月。

許俊成此刻正在跑幾個部門，今天一大早就起來了，忙到現在，把轉讓許氏珠寶的協議手續辦好了，就只等周宣簽字。

許俊成又約好周宣，直接到許氏珠寶的總部辦公樓。許氏珠寶的總部位於東城的國際大廈十九層。在以往，這裏是身分和財富的象徵，但現在，十九層卻成了銀行和債主們追債的地方，從早到晚就沒停過。

許俊成基本上是不來這個地方的，但今天卻是穿戴得整整齊齊地過來了。守在這兒追債的人可是終於等到他了，一窩蜂圍了過去。

許俊成冷冷道：「少不了你們的錢，都給我在外邊等著！」

在沒追到債之前，許俊成還是他們的希望，如果許俊成萬一自殺了，那他們的希望都沒有了。在目前看來，許氏公司資不抵債，而且先是要償還國有財產，但現在許氏的資產根本是不夠還銀行債務的，所以他們基本上是沒有希望拿回自己的錢的，唯一的希望就是保佑許俊成，別看不開自殺掉，有他這個人在，至少就還有一線希望。

不過，這些人心裏還是有些怔忡，許俊成很久不露面，今天露面，卻完全不像狼狽落魄的樣子，反而讓這些債務人更加擔心，這種樣子倒是更像要死的人迴光返照的情形。

許俊成關上了自己辦公室的門，站在大玻璃窗前瞧著前邊的街景，一邊嘆著氣，一邊又在慶幸自己遇到了周宣，絕處逢生，以後可得再次把握好自己的前程。

如果不是遇到周宣的話，許俊成恐怕不是去自殺，就是隱姓埋名地逃命，一家人從此就要過上悲慘的人生了。

說實話，瞧著大廈前方那些豪華的大樓，許俊成依然感覺到，財富還是屬於自己的，自己依然擁有東山再起的機會，只要把改名後的許氏珠寶再次做大做強，或許比起以前會更加風光。

因爲許俊成感覺到，周宣身上有一種讓他很舒服的感覺，一種很溫暖的感覺。而且許俊成覺得，周宣身後還有一些強大得驚人的背景關係，否則，像李爲那種身分的人，怎麼可能像個小跟班一樣跟在他身邊。

李爲是什麼人，許俊成可明白得很，而且他所認識的李爲，可從來沒有這麼低三下四過，從來都是不怕把天撐破的人，但在周宣面前，他也絕不是裝出來的樣子。

做生意這麼多年，許俊成十分明白，做小吧，無所謂，如果要做大，那就得必須有強有力的背景關係，這是必然的，否則只會讓你碰得頭破血流的。

許俊成生意其實是做得很成功的，只是栽倒在賭石上面，這就是運氣不好了。

周宣和李爲來到十九樓許氏珠寶的辦公樓時，門口沒有警衛，辦公大廳裏，十幾個女孩子沒有一個在辦公，都圍在一塊嘰嘰咕咕地說閒話，另一邊坐了十多個男的，也在抽菸聊天，嘰嘰呱呱地一邊說著，一邊盯著裏面的辦公室。

周宣和李爲進來後，也沒有人理他兩個，當然，他們也沒理會別人。來到這裏的人，那些女孩子都不認識，就通通把他們當成要債的。

周宣跟李爲直接往裏面的幾間辦公室走進去，外面幾間是人事、財務、業務經理室，最裏面，也是最大的一間，就是許俊成的辦公室。

門上有一塊總經理辦公室的牌子。周宣輕輕敲了敲門，門裏傳來了許俊成惱怒的聲音：

「我不是說了讓你們等一陣嗎？這麼多天都能等，這一會兒就不能等了？少不了你們的錢！」

周宣靜了靜，這才輕笑道：「那就等一會兒吧！」

辦公室裏靜了靜，然後門被猛地一下拉開了，許俊成驚喜的臉出現在門口，呆了一呆後，隨即趕緊拉著周宣的手，說道：

「快請進快請進，我還以爲又是向我要債的呢！」

讓周宣和李爲在辦公室裏的沙發上坐下後，許俊成按了按辦公桌上的電話，但隨即又想起，秘書早就走人了，現在這裡基本上算是無政府狀態，想泡兩杯茶也沒有人，恐怕是連茶葉也沒有了吧。

周宣擺擺手，笑道：「老許，從現在起，咱們也算是一家人了，就不用講那些客套，一起把生意做好，大家有錢賺就ＯＫ，你說是吧！」

「對對對！」許俊成連連點頭，周宣說是一家人的話，讓他心裏暖暖的，好不舒服，周宣的條件是既要還清他的全部債務，還要給他百分之十的股份，而且還應允公司依舊由他來執掌，這份恩情，不得不記著啊。

周宣當然不是大善人，見人就給錢。對許俊成這樣子，當然是因爲許俊成有著非凡的生意頭腦，給他百分之十的股份，初看似乎是吃虧了，但如果由周宣自己來掌管這家公司的話，大概要不了三個月，就會虧損得渣都不剩。

本來他的性格就懶散，不喜歡麻煩的事，只喜歡享受快樂，而自己的運氣和財富都來自於冰氣異能，可如今連異能都沒有了，沒有異能那就是表示，他的所有能量都沒有了！

一個完全不懂行，又沒有異能做底子的周宣，如何能管理好一家規模龐大的公司？而許俊成是完全有這個能力的，拉住了他，幾乎就等於拉住了以後這家公司的前途，等於讓許俊成替他賺進了源源不斷的財富。

這個賬，周宣可是算得很清楚。而百分之十的股份，與許俊成以後能賺回來的財富相比，並不算吃虧。當然，許俊成仍然擁有百分之十的股份，對他自己來說，也是一種激勵，因爲他仍然是這家公司的老闆之一。

許俊成把早上辦好的一些手續文件拿出來，是轉讓許氏珠寶的協議書和法人更改協議，另外一份是股權重新分配的方案，許俊成占百分之十，周宣占百分之九十，這些都是按照周宣所說的意思辦理的。

周宣笑著在上面簽了字，又在名字上蓋了手印，然後許俊成自己也簽字蓋手印。最後倆人緊緊地又握了一次手。

許俊成很激動地說：「周老闆……不不，我以後應該叫你周董事長了，呵呵，希望能跟你合作愉快！」

停了停，許俊成又說道：「爲了防止再走上老路，公司的一切財務我都不經手，我只管業務拓展和銷售。財務方面，我想，周董事長還是請一個專人來管理吧。」

周宣想了想，也點了點頭，許俊成說的是心裏話，他也沒必要客氣，便說道：

「那好，我等一下就安排一個財務過來，順便往賬上匯四億過去，除了三億的債務，剩下的一億是公司的流動資金。還有，老許啊，我們公司目前是可以省下一大筆貨源現金的，那就是我們可以暫時把翡翠作爲主打產品的。你知道，解石廠那邊，我們是有一大批翡翠原石的，你把你以往的雕刻工匠再召集回來，把我們自己的工藝班子再建立起來。有了自己的貨源，我們就可以跟其他珠寶公司力拚了。老許，說到經營，我可比你差遠了，咱倆不是一個級別的，這些事就由你來處理吧，別跟我說，我不懂！」

許俊成又是感激又是驚訝，周宣對他這麼信任讓他很感激，而更驚訝的是，周宣把解石廠那邊的翡翠都投進來的話，那他投入的可就不僅僅是現在所說的四個億了，那些毛料的價格到底有多少，要等解出來後才能明白，但就以目前所解出來的那幾件極品翡翠，價值就過兩億了，這可是憑空又扔進來的資產啊！

許俊成感動歸感動，馬上腦子裏就轉了起來，現在應該怎麼動作，應該做什麼樣的規劃。有了流動現金，又有了大批價值連城的翡翠原料，他幾乎可以馬上就想出對策來，應對那幾家步步緊逼他，想吞併他的珠寶公司，而這些對策，每一個都是能把對手狠狠地捅出血來，讓他們大傷元氣的。

周宣瞧著許俊成沉思的樣子，笑笑道：

「老許，你這樣子我就放心了，商業競爭下手是要狠一點，不過我希望你還是緩著點，生意嘛，能賺則賺，不要強求，也不要想著把人家一棍打死。我先走了，你安排一下，新的財務人員下午兩點就會過來，你安排一下，讓他把債務先處理掉，公司的事，你儘快安排在最短時間走上正軌，再就是……」周宣又囑咐道：「老許，解石廠那邊你要特別關注，把有經驗的雕刻工匠儘快召集回來，而且要保密。我想這才能保證你的計畫順利實施。那邊安排老陳師傅他們加班一下，把毛料儘快解出來，以便做成成品銷售。對於老陳師傅那些人，把待遇定高一些，適時多給點加班費，幾位老師傅年紀都大了，要多考慮退休後的福利待遇，讓他們能安心在我們廠裏幹下去。」

「我會的，我懂！」許俊成點點頭回答著。

周宣邀了李爲回去，心裏倒是在想著，到底要哪一個人來做許氏公司的財務呢，這個人要放心得下，又懂財務的才行。

一時在心裏考慮著，一邊又在擔憂，沒有了冰氣異能，那如何保證以後的翡翠毛料？現在雖然有大批的貨源，但最多能支持半年，半年後，如果許俊成幹得好，那困難就會越大了！

該死的金包水！周宣忍不住又罵著，心想：回去還是連夜再研究研究那個金包水裏面的晶體吧，沒有異能，坐著站著都不舒服，彷彿成了個廢人一樣！

回去的路上，李爲開著車。周宣拿起手機給張老大打電話。

「老大，你明天再請一個財務，我妹妹跟著一起，最近店裏的工作量不太大，也跟得上，我想把李麗和我弟弟調走，跟你說一下！」

張老大怔了怔，當即道：「你是大老闆，要怎麼安排都可以，沒問題。現在店裏也還沒有正式開業，沒太多事，基本上，有我和老吳看著沒什麼大問題。還有伯父和小瑩，店裏又新招了四個學徒工，一共就有六個工人了，人手也過得去。我在想，如果我們店正式營業後，生意好的話，就招幾名正規有經驗有學歷的來做管理，這樣會比較好一些。」

「呵呵，那就好。」周宣笑著回答。張老大這麼想就好，目前來說，這邊調走人還行，但去許俊成那邊的人，必須是自己信任並且又有能力的才行。

周宣早就想到了李麗。她是大學財經科系的高材生，專業又有能力，最近好像又對弟弟周濤有了好感，周宣馬上就想到把她和弟弟一起調到許俊成這邊，他倆管理財務是最好的人選。這樣一來，倆人也可以成日廝守在一起，日久生情嘛。

如果李麗跟弟弟能成的話，那也是自己一家人了，算不得外人。讓她協助弟弟來管理公司的財務，那是最好，當成自己的公司來管理，就會有責任心。

周宣又考慮著，把弟弟弄過去的話，得給他配個百分之十的股份，至少讓他跟許俊成有一樣的分量。如果許俊成好好地做事，那當然好，但如果有什麼別的動機的話，也有個準備，防人之心不可無吧。周濤跟他有同樣的股份，如果自己不在，弟弟也能跟他抗衡。

不過這個股份得考慮好，給弟弟多一點那無所謂，自己的親弟弟，多少都行，但目前的情況卻是不宜過多，因爲許俊成剛剛恢復信心，也正想大幹一番的時候，如果弄一個人讓他隨時覺得自己被壓著的話，反而不好。

用人不疑，疑人不用，許俊成的能力是不容置疑的。

掛了張老大的電話，周宣又給弟弟周濤打了個電話，讓他跟李麗一起到家裏來，說自己有事要說，周濤問周宣是什麼事，周宣也沒有回答他，只是讓他趕緊回來，說有急事。

辦成了許俊成的事，現在又打了兩個電話，在李爲看來，周宣是挺順利的樣子，但他又明顯發覺，周宣不是很開心。

「宣哥，你怎麼回事啊？今天早上接你出來到許俊成那兒，一直到現在，你都是悶悶不樂的，是不是漂亮嫂子懷疑你跟上官明月的事了？」

李爲前面還挺正經地說著，後面一句話卻又暴露了他的習性。

「胡說八道！」周宣狠狠罵道：「就知道瞎說，沒有的事也讓你說出有來了，上官明月跟我有什麼關係？你不是寸步不離地跟著我嗎，我瞧你們才是有關係吧！」

李爲呵呵笑了笑，說道：「我是想跟她有關係，可是她不要啊。宣哥，其實兩個人嘛，說有關係也不一定就是說肉體關係，只要你心裏想了，那也算是有了關係。你可不要心裏背叛了漂亮嫂子啊。」

「放屁！」周宣終於忍不住惱道：「我連心裏也沒想過！你少說瞎話，要是讓你嫂子知道了，我，我要你的命！」

「得了吧！」李爲無所謂地回答著，「要我命的人，這會兒還沒有出生呢。」

周宣真的是拿他無可奈何了，自己又不能把他的四肢器官轉化吞噬掉，而且就算想，現在也是無能爲力了，因爲他已經失去了冰氣異能。

都是這個上官明月！

周宣心裏又暗暗恨惱起上官明月。李爲老是拿她取笑自己，而失去冰氣異能的事也與她有關。當然，要說到底，自己失去異能其實與上官明月沒有多大的關係，因爲就算沒有上官明月，他到了那個地下拍賣場見到了金包水，同樣也會買下來，結局，那還是一樣的！

車到了宏城花園的別墅後，周宣下了車只是催李爲快走。

李爲瞧著大門裏傅盈已經迎了出來，便笑呵呵地對周宣叫道：「喲，漂亮嫂子出來了！」

「滾，快滾。」周宣擔心這傢伙真要口無遮攔地說出什麼來，雖然自己問心無愧，什麼事也沒有，但要是惹出什麼不必要的事來也是麻煩。如果傅盈聽到這些話，心裏肯定會不高興，這是絕對的，相不相信倒是次要的。

「周宣，你幹嘛啊，李爲天天接你送你的，沒有功勞也有苦勞，你幹嘛老是趕他走啊？到家裏坐坐也應該呀！」

傅盈一邊走過來，一邊嗔怪地說著。

「他有事，沒空！」周宣一邊把車門緊緊關上了，然後道，「我一會兒給李老打個電話，謝謝他對我的關心！」

「好好好，我馬上走！」

周宣一提到老李，李為當即就投降了，要是周宣給他爺爺一個電話過去，搞不好就又把他給禁足了。要知道，現在他爺爺和他老子絕對都聽從周宣的，開玩笑歸開玩笑，這一點李為分得很清楚的。

傅盈還沒走遠，李為就笑呵呵跟她擺擺手，說道：「漂亮嫂子，明天再見，今天我先走了，回家聽老爺子講經去！」

傅盈笑吟吟地跟他揮揮手，李為車開遠了還在說著：「多有禮貌的小夥子，挺好的一個人啊，你怎麼對他那麼不客氣？」

「小夥子？還挺好呢？」

周宣氣呼呼地往回走，傅盈現在的性格太溫柔了，遠沒有以前剛見她那時候的精明了，有人說過，戀愛中的女孩子會變得很笨，看來這話還真是很有道理。

瞧著周宣氣惱的樣子，傅盈倒是放心了些，早上出去的時候，周宣看起來還有些憂鬱的樣子，現在知道惱怒，有脾氣了，那反而好得多了。

在廳裏坐了一會兒，傅盈給周宣倒了一杯柳橙汁過來，周宣喝了一口，冰冰的，有點淡淡的酸，嘴裏還有些顆粒，又有些甜，味道很好，便一口氣把杯子裏的橙汁喝完。

傅盈皺了皺眉，說道：「幹嘛那麼急，又沒人跟你爭，喝完了我再給你倒！」

周宣笑了笑，把杯子放到茶几上，說道：「夠了，有點冰，覺得挺好喝，也可能是口渴了吧，冰著的嗎？」

「冰什麼冰，現在都入冬了！」傅盈拿了杯子到邊上。

金秀梅卻瞧見周宣疲態盡顯，說道：「兒子，你是不是太累了？我看你得多多休息幾天，昨天睡了個好覺還像不夠。」

周宣笑了笑，搖了搖頭：「媽，沒事，是有點累，過兩天就好了，我等弟弟回來有事跟他說。」

「哦，你打電話給他說了？」金秀梅聽兒子說有事，也就沒再說什麼，只是問了是不是跟周濤約好了。

周宣點點頭，說了聲：「是啊，我打電話了，他就回來。」然後又在考慮著要不要把李麗的事說給老媽聽，可又怕她熱情過分了，嚇著人家女孩子。

說實在的，周宣自己是很喜歡李麗的，也認爲她跟弟弟很合適，而且周濤也很喜歡她，關鍵是，現在周濤跟李麗並沒有把事情公開化，倆人都沒有把這層紙捅穿，他又怎麼來跟老媽講這事？

周宣猶豫著時，周濤和李麗就已經趕回來了。

金秀梅瞧著清秀漂亮的李麗跟著周濤一起進來，倒是怔了怔，然後周濤才扭捏地介紹道：「媽，李麗是我們店裏新請的財務！」

「哦，李小姐，快坐快坐！」金秀梅一聽說是店裏的財務，倒也沒多想什麼，因爲是周宣有事找他們來的，也沒什麼奇怪，不過瞧著李麗清秀可愛的樣子，心裏著實喜歡，趕緊熱情地招呼她坐下。

李麗也大大方方地叫著：「伯母好，周大哥好，傅小姐好。」

傅盈是見過她的，也相互認識，只是沒說什麼話，李麗一說，她也禮貌地點頭道：「你好，快坐下吧。」

坐下後，劉嫂端了茶過來，李麗說了聲「謝謝」後，又問周宣：

「周大哥，你讓我們到家裏是有事要我幫忙嗎？要是有事，只管跟我說，不用專程叫我的！」

「不是家裏的事，」周宣笑笑道，「是這樣，我因爲跟許氏珠寶合作，也算是收購吧，我請了許俊成先生爲我們新公司的總經理，但他要求我派財務過去，以後他管銷售和拓展，財務和人事由我派人管理。我想把你和我弟弟周濤調過去，你又懂這些，可以協助我弟弟把公司的財務做好。」

聽到周宣忽然說出這麼驚訝意外的安排，李麗和周濤都呆了。

過了好一陣子，周濤才問道：「哥，我在這邊幹得好好的，你爲什麼把我調過去？我又不懂，這邊店裏也才剛上手呢。」

周宣擺擺手，說道：「我已經把許氏收購了，我的事不是你的事啊？暫時先給你百分之十的股份，今天下午兩點鐘，你們兩個就到許氏總部大樓上班，做一下交接，要做的事，許先生會告訴你們的。你們走吧，我累了，要休息一下！」

周宣心裏頭想著的就是房間裏的那塊晶體，得儘快想法弄明白冰氣的事，沒有冰氣的日子，才這麼一天就覺得受不了，哪還談以後？

周濤和李麗正要出門，周宣又叫住了他們！

「等一下！」

周宣說著，又從衣袋裏掏出皮夾，取出一張銀行卡遞給周濤，說道：

「這張卡上有四億，其中三億是用來償還許氏的債務，這個李麗是財務專家。你多跟她學學！」

債務的處理，一來李麗是懂這個的，二來，在公司會有一套相應的措施，在李麗協助周濤跟許俊成做好公司法人代表的轉接手續後，這些程序才會一一實施。

所以周宣不去想這個，也不擔心，他就是個甩手老闆，而且現在心裏正煩著的是冰氣的消失，正渾身不對勁。

說完擺擺手，周宣揉了揉臉上的皮膚，說道：「去吧，我回房睡一下，眼都睜不開了。」

看他的樣子確實是很累，金秀梅和傅盈也都催著他上樓休息。

可能是正跟金秀梅談論著婚禮的事，所以傅盈也沒格外注意周宣，也不好意思明目張膽地跟著他到房間裏，依然是跟金秀梅小聲說著事。

周宣回到房裏後，先是把房門反鎖了，然後才坐到床邊上盯著桌子上的那塊晶體。過了好一陣子，累是累，但卻沒有了睡意。把晶體拿到手中後，不管是用意念，還是摸和咬，都無法再接觸到晶體裏面的冰氣。

周宣呆了一陣，又努力回想起得到冰氣的經過來。

那是在南方沖口的海邊遊樂場，潛入海底得到那塊金黃石後，又被大海龜咬了一口，好像是很累，回來就睡倒在床上。用那塊金黃石墊著傷手後，在睡夢中得到了那奇異的能力。

其實到底會是怎麼樣得到的，周宣自己也不知道，只是這樣猜測著。但可以肯定的是，自己的冰氣能力就是來自於那塊小金黃石。

只是最初這冰氣是如何來到自己身體內的？想來想去，他忽然想到，自己是受傷的手墊在石頭上才獲得了冰氣，難道是因爲流了血？

這在很多電影電視中見到過，人的鮮血是一種很奇特的引子。或許真是這個原因吧！

周宣這樣一想，立即便坐不住了，找了把小刀，忍痛在左手掌邊緣割了一刀，鮮血一下子就迸了出來。

這個口子其實不算大，只有一釐米左右，傷口也不深，鮮血雖然流出來，量卻不大，只是滴了幾滴。傷口處沒有血管，當然不會有大量的血流出來了。

周宣顫抖著把晶體拿過來貼到鮮血上，睜大了眼睛盯著，過了一會兒，鮮血在空氣中很快就成了固體的樣子，但晶體仍然沒有什麼變化，周宣有些愣了！

到底要如何才能把這個東西裏面的冰氣引導出來？

請續看《淘寶黃金手》卷八　美人淘寶

淘寶黃金手 卷七 沉船巨寶

作者：羅曉
出版者：風雲時代出版股份有限公司
出版所：風雲時代出版股份有限公司
地址：105台北市民生東路五段178號7樓之3
風雲書網：http://www.eastbooks.com.tw
官方部落格：http://eastbooks.pixnet.net/blog
Facebook：http://www.facebook.com/h7560949
信箱：h7560949@ms15.hinet.net
郵撥帳號：12043291
服務專線：(02)27560949
傳真專線：(02)27653799
執行主編：朱墨菲
美術編輯：許惠芳

法律顧問：永然法律事務所 李永然律師
　　　　　北辰著作權事務所 蕭雄淋律師

版權授權：蔡雷平
初版日期：2013年5月
初版二刷：2013年5月20日
ISBN ：978-986-146-955-3

總 經 銷：成信文化事業股份有限公司
地　　址：新北市新店區中正路四維巷二弄2號4樓
電　　話：(02)2219-2080

行政院新聞局局版台業字第3595號 營利事業統一編號22759935

定價：280元　特價：199元

國家圖書館出版品預行編目資料

淘寶黃金手 ／ 羅曉著. -- 初版-- 臺北市：風雲時代，
　　2012.12 -- 冊；公分

ISBN 978-986-146-955-3（第7冊；平裝）

857.7　　　　　　　　　　101024088